catch

catch your eyes；catch your heart；catch your mind……

個尚的弟
一時小
泊

文 錢亞東
圖 阿尼默

目次

・序

·時尚

・時事

序

ABSOLUT ZENI

〈芝加哥〉的表演中場，我們步行上國家戲劇院四樓的宴會廳小聚，內廳已經擺置著冷盤點心和各式調酒等待著樂與十足的客人們。

薇瑪和蘿西，這兩個像《千面女郎》的北島瑪亞和姬川亞弓的女子，一直在舞台上競演著各種戲碼，但是觀眾遲遲不捨她們離場，希望聚光燈不曾熄滅、大樂隊不曾停奏，只因這是個享樂的爵士天堂。

我拿起第一杯酒。只有在派對上才喝這樣有花色的酒。

朋友說最近在上海大歌劇院看過〈歌劇魅影〉，但他的表情略有難色；「怎麼了，是水晶吊燈變成中國燈籠了嗎？又是張藝謀那一套呀？」我關心地質問，畢竟〈歌劇魅影〉可是世界規格，該不會入境隨俗又變成中國樣版戲了吧。「倒也不是，但只有魅影唱得好，克莉絲汀連高音都唱不上去。」原來是劇團問題，這次不知又是哪個野雞團去公演了。

但我忘記問上海中場的雞尾酒會如何，這一點頗令人好奇：會是白乾雞尾酒嗎？

〈芝加哥〉是1920年代的故事，當時黑道橫行，社會流竄著謀殺暴力和紙醉金迷，唯一美好的是歌舞表演和大樂隊，當年就像現在我們來到劇院喘息以待一樣。自從電影由凱薩琳麗塔瓊斯和芮妮齊薇格演出後，其它舞台劇版本反而變成野雞女郎了。但是出類拔萃的鄔蒂蘭普一枝獨秀，仍然可以在舞台上和她們分庭抗禮。

這讓我想起特調和原味的差別，電影的特效演出和舞台上的原味，其實是異樣的精彩，無分軒輊。芝加哥的狂野況味，只有當我穿著黑道漂白的摩登西裝，戴著鑲金的翻邊禮帽，手上拿起一杯伏特加烈酒時最能體會，突然發現，原來是這些穿著工整套裝的觀眾變成野雞觀眾了。

本書的出版要感謝多年來《Men's Uno》雜誌的捧場，讓我克守著泊時尚的工作，寫出一篇又一篇的觀察日記，謝謝台北的浩正和香港的啓泰這兩位總編輯。也謝謝《消失在儀表板上的366》作者阿尼默，替本書配上視覺鮮烈的插圖，連這些畫稿都散發出快意的酣暢，讓觀者自醉。

也謝謝家人的支持，讓我的創作一直不輟，如今終於有一本書來證明書沒有白唸了。

最後，感謝贊助的ABSOLUT VODKA，即使今次的外觀painting the red，內在依然透明純澈。別忘了，當享樂染紅整座城市，當甘美薰滿整個人生，我的眼眸仍以40度（雖然我的視力只有0.2度）一點即燃的熱度看著你，只是冰封的絕對零度時才是我最黏稠的時候。

我是ZENI，ABSOLUT ZENI。

各參各的鏡花水月

徐海玲（《時報周刊》副總編輯兼時尚召集人）

亞東還蠻討人喜歡的，或者該說，他是個連難搞的處女座都會有好印象的傢伙。那個處女座之一就是我本人。

他乾淨俐落，聰明靈活，卻也總是有點冷冷的。當他說著，在教日文課的時候，「學生才剛開始學五十音，就搬出一台B&O音響來壓陣，對照著那些逝去的青春時代，我有一種不被了解的寂寞。」其實，有的時候，我相信，對別人來說，他就是那台B&O音響，一個高檔貨。

你喜歡Paris Hilton嗎?這位新一代酷獸女王，夠酷夠狠夠騷，我們亞東怎麼會喜歡芭莉絲小姐呢?她的每一件新聞，噢，不能說是新聞，她的每一件八卦，都可以鬧大，可以在國際間傳頌一時，因爲眞的很好笑，又很有看頭，很茶餘飯後，每個人都爭著去講芭莉絲的種種風流韻事，可以講到口沫橫飛，樂不可支，往往是舊的還沒說膩，新的故事就又來了，亞東在聽著看著這些芭莉絲事件時，應該是皺著眉頭的，「我怎麼會喜歡這樣的女人呢？」他當然不會喜歡，可是他都知道耶。

參不透鏡花水月，一切畢竟總成空。如果參得透，那一路走來，有許多的文學和藝術作品，應該都不會產生了。亞東自有他洞察人生的方式，當然也有他自我解嘲的方式，下回眞想和他相約一塊去坐公車，一個人抱一瓶酒，從起站坐到終站，我們不說話，只是交換眼神，同時嘴角是帶著微笑的，有的時候我們是同一種人，熱心冷眼，從來不曾喝醉，也從來不曾醒過。

參不透啊！即使如此，也還是每天認眞的刷牙，打扮自己，一定要美美的出門，認眞的工作，並且承認，「我是不會舖蓋上衣讓女士走過那灘泥濘水坑的。」

我想，他是不會願意和我一塊去坐公車的。拜託，我更不願意，好不好？就各參各的鏡花水月罷！

如果說這一本書的第一個讀者是我，應該不爲過吧？

林浩正（台北版《Men's Uno》總編輯）

約莫五年前，亞東主動跟我提起他可以幫《Men's Uno》雜誌寫點文稿，經過幾期的曝光後，在以視覺爲導向的時尚畫面裡，他的文字作品不但沒有被光鮮的模特兒淹沒了，文采過人的亞東，反而爲時尚閱讀寫出有趣的觀點。於是，我大膽向他提出專欄的邀稿，這應該是這一本書的起源吧。

有別於一般時尚刊物略顯高姿態或是粗淺的文筆，飽讀詩書的亞東所執筆「Goods & Moods」專欄獨樹一格，經常是對自己行徑或是流行現象，引經據典加以冷嘲熱諷，透過他的細膩觀察和生花妙筆，令人拍案叫絕的古怪點子，一篇又一篇的誕生。這一晃眼，已經連續刊載了幾十篇，多到連他自己都搞不清楚。熟手快筆的他，幾次來不及截稿的最後一刻，總是能在美術編輯喊停的前一秒精準的把稿子交出來，這種叫人血脈賁張的功力，怎能不叫人稱奇讚賞。

過了這麼多年，這時候才要結輯出書，雖然比起目前一票的新生代作家顯得有些老了，不老頑童還是完成了人生的大夢，往暢銷作家的寶座跨前一大步。我認爲這五年來，最珍貴的是他的幽默風趣，並沒有隨著他逐年減肥成功的體型而下降，亞東的樂天是從閱讀中就能領略的。

認識一個人

蘇啓泰（香港版《Men's Uno》總編輯）

認識亞東大約兩年多，在還沒碰過面前，他在我心中總存有兩個印象：胖子與出國留學生。

記得當我正編集香港版《Men's Uno》的創刊號時，計劃從中港台三地各自邀請一位自由創作人，爲我們每期寫一篇「私感受式」文章，那時我翻了又翻看完又看，終於在台版《Men's Uno》眾多文章中找到亞東的專欄，非常喜歡，由是開始把他的文章每月轉載在港版上。

亞東的文字世界，其實一點都不台灣，他由西方電影談到日本愛情，又從歐洲國家談到台北現象，難怪我早認定他是個放洋留學歸來的少年，思想開放又前衛。至於胖子的印象，純然是因爲他傳給我用來刊登的照片，一看就是胖胖的臉龐。

到後來見面，我才知道，他原來並非那樣西化，也從沒有到過歐美留學，反而操得一口流利日語，甚至是個日文兼職導師。更驚訝的是，經過多個月健身室的苦練後，他已經減磅修練成功，脫胎換骨成為一位型男。

認識一個人，眞的不在一朝一夕。眞高興亞東終於把自己的文章結集出版了，老朋友可以藉此聚聚舊；至於新讀者新朋友，不用兩年光景，只需啃光此書，就能像我一樣，認識到這個既有趣又有意思、既中又西又東洋、既胖又不胖的亞東了，更加划算。

時尚

斷袖釦

One Sleeve, Two Hearts.

袖釦（Cuff Links），其實是符號學的一種表記，而不是身分地位的裝飾品。每次看到Alfred Dunhill的圓型袖釦時，總覺得那是打在男人身上的句點「。」，替全身從頭到腳的鋪陳穩穩按下註腳；不然，空有一身超炫武裝，卻少放了兩顆定石（圍棋盤上最重要的兩粒棋子），總覺得這篇大塊文章好像是以「……」結尾，失落了什麼。

曾在小pub和酒保聊起，他說很在意吧檯前客人的手指，點菸的修長指幅或握杯的粗大骨節，總難遁逃在他黑暗中閃爍的眼。換做是我，則會將眼光再往下瞄一點，直到手腕處，因爲袖釦的位置正好會卡在這個環節上。如果看到一對在黑暗中隱隱作祟的袖釦舉在半空，我一定要請這位主人喝上一杯Single Malts；不過，都上酒吧尋歡了還未將領帶鬆綁、袖釦摘下的人，倒也有點裝模作樣，所以這杯酒還是先寄起來吧。

曾幾何時，我開始在世界各地採集袖釦（和採集袖釦主人的標本）。第一對袖釦收藏是Burberry的正紅騎士袖釦，旗正飄飄馬正嘯嘯配上那股鮮艷欲滴的紅，簡直像是滿清八旗的正紅旗，戴上後只見殺氣凜然；與此古風相符的，則是在京都買的琺瑯花草燒袖釦，雖然外型上是西洋飾物，卻散發著京都禪風，令人相信明治時代的鹿鳴館華宴中，仕紳配戴的也應如是。滿清和明治的這兩對袖釦，讓我情願當一個反清復明（治）的守舊份子。

同樣在日本，東京新宿的一對寶藍海豚袖釦，則深深地睡在我的腦海中。那是倫敦沙維洛街（Savile Row）設計師Ozwald Boateng的時尚精品，而那年正是Nissan Cefiro以海豚做爲汽車工業形象的年頭；買不起百萬房車，買對袖釦也乾表過癮。

香港則是另一個袖釦的集散地。Brooks Brothers是紐約華爾街的菁英制服品牌，我一眼就相中這個老牌家族所設計的銀狐袖釦，它在在透露出白天菁英仍淺藏著夜晚玩家的本性，戴上它們彷彿將日

本夏祭所戴的狐狸面具收納到了乾坤袖內。最近一次則買了Wedgewood的陶瓷浮雕袖釦，我不是那種在家居生活使用骨瓷茶具喝英國茶的人，但是別上一對骨瓷袖釦，卻淡淡體會了居家男人的蒔花弄草魅力。

在世界各地採集，當然也有失手的經驗。例如一對德國工業設計的合金袖釦，這對單價破萬的貴金屬飾物，是在等待朋友逛街時出自他願（即非本願）購買的，結果第一次配戴外出時就掉在路上，錢和物都起手無回了。另外一對龐克女王Vivienne Westwood的流蘇墜飾袖釦，則因所託非人，即使去倫敦採購了迄今都還空手而返。

幾年下來，雖然袖釦樣本數和旅遊次數越來越多，然而，我的袖釦襯衫至今仍只有Gieves & Hawkes白色禮服衫和Donna Karen黑色立領衫這麼黑白分明的兩件！

自從掉落袖釦變得落落寡歡後，這一陣子降低了這些收藏品的見光機會，當我瑀瑀獨行路上時，它們也只能悶悶躺在各自的錦盒中。漢朝皇帝不忍翻醒熟睡的枕邊人，而自斷被壓住的衣袖起身離去；看著掉了一只袖釦的落單袖子，也讓我首次嘗到了斷袖的滋味。

這樣也好。如果你在車水馬龍的大道上拾獲一只合金袖釦，請憑著這只信物與我相認，進行一場超合金組合的都市陌生遊戲吧。

人生的重耽
Beauty Load

【風與木之絲】

Hermés的春季主題——微風，「Wind and Silk」。

日譯：風與絲　中譯：絲與呼吸

風與絲，讓我想起從未看完的竹宮惠子漫畫《風與木之詩》，反正像〈美少年之戀〉的這種耽美事永遠都有人在做（哦，楊凡的這一部電影我也沒看），不差必須在第一時間看完。

耽：耽溺、耽誤。「耽美」就字面上的意涵來看，帶有時間差攻擊的意味，不論就距離的疏離或因不同的時間次元，都容易造成美感的傾向。

Art Deco中，谷崎潤一郎的《春琴抄》尚屬喜歡，普魯斯特的《追憶似水年華》就耽美得不知所云了。維斯康堤的耽美則是非常的政治正確，足可當做美少年的範本。

日本的「風與絲」，讓我有了如斯的聯想；至於中文「像絲一樣的吹息」，聽起來更綺想了。

【Jil Sander原子筆】

最近又做起一件極度耽美的事。因爲在辦公桌上找不到原子筆，開始在同事桌上、開會桌上查詢每一個人所用的原子筆，再從這些貢品中找出我想要的：結果令人想辭職——好寫的都太醜，不見得好看的卻又難寫。（醜的不只是外型，還有墨色）

於是，我非常飢渴地建議公司的採購去買三菱uni-ball極細鋼珠筆。因爲那是最耽美的顏色，傳道著Jil Sander的標準色，我一向稱它「Jil Sander原子筆」。（至於是哪款型號，請自己去證道出來）

「那種沈靜的藍，是我寫過最漂亮的顏色！」

一桌的女職員們哧笑。「陳靜的藍？什麼啊？」

那陳純甄呢？

對不起，我對陳純甄色盲。

【太宰治的鞋陽】

我一直很想認識朋友的弟弟，因爲聽說他每季都會買齊新鞋，從Prada到Miu Miu，鞋櫃打開一字排開，煞是驚彩！

而這位朋友在責難她弟弟的同時也好不到哪兒去。上次約她在我姊姊家見面，連我都分辨不出的亮面漆皮、鞋翼兩側佈滿突刺狀的紅鞋，姊姊看到時就說：「喲，妳穿著Tod's的鞋子。」然後兩人在玄關都得意地笑了。（那一刻，我多麼希望她們能更平易近人地比較身上戴的鑽戒是幾克拉啊）

「對dandy而言，花費金錢在鞋子物事上是習以爲常的。在沙維洛街（Savile Row）訂製西裝的菁英們平均一年總會添購個四、五雙新鞋；其中添購十雙以上的也所在多有。他們的自宅總是陳列著保存狀態良好、數量驚人的鞋履……」Julian America，譯自日文版《GQ》

姊姊、鞋子、我，想起了太宰治；到底對姊姊的fetish、還是對鞋子的fetish比較多呢？

【續・斷袖釦】

我的斷袖釦如果發展成一種癖好的話（但不可簡稱成「斷袖癖」），那也是時尚環境所造成。

那天直奔仁愛圓環的Vivienne Westwood專櫃，請小姐拿出玻璃櫃中的鑲鑽骨頭袖釦，結果令我詫異，她只拿出了一只袖釦。

「請問另外一只呢？」

「這一款就是設計成單只！」

「那剩下的一支袖子怎麼辦？總不能讓它鬆著吧……」

「你可以打別只袖釦，或用鈕釦別起來。」（這個道理我當然知道，前陣子才買的一對「Horn & Paw」袖釦，左右各是牛角和熊掌，也沒聽說一定要同時打上去）

「那我買兩只好了，總可以湊成一對吧。」

「對不起，我們只進一只而已！」

針對此事件，我覺得只有幾種處理方法：

打電話向此家代理商的經理通報，說明貴店的採購和銷售人員實乃品味的高度推手。

衝去Trussardi買下銀色獵犬袖釦，就可配成一幅狗啃骨頭的構圖。

在不景氣中，裁掉另一支袖子。

耽美是人生的重擔，因為它是絕對的封閉系統，用生命去交換著品味。至於我的品味是不是別人的重擔呢？那就不得而知了。

陀飛輪與凱莉包

Horse Bag

雖然本來要寫的是「BOBO族」，但在未能身體力行前，我還是試圖做了一些小小的抵抗，將主題修改爲「BONBON族」，即使被退稿也在所不惜。

「BONBON族」？這是什麼新詞？是講話帶著鼻音nn的BOBO族嗎？其實它是日本口語中的「少爺」之意，也就是我們一般常說的「公子哥兒、小開」之類，以正式的講法就是「第二代、Jr.」。

我覺得方興未艾的BOBO族帶有新階級況味，而且大多也是由一些崇尚東漢普敦、輕井澤的Celebrity之流所哄抬，在它還沒有正式成爲一個社會的種姓制度之前，我們還是先搞定比較好搞定的BONBON族吧！以下就是某個禮拜天一群公子哥兒的寫實紀事。

最近的一個周日，我和一群工商業界的俊英碰面，美其名是下午茶，也順勢觀察了時下黃金單身漢的生活現狀。

首先，第一位青年才俊爲您展示的是來自瑞士的IWC萬國錶，它那準確的機心和永保質感的造型，

最適合事業有成的您戴上。由於國際市場歐元持續飆升，目前的十萬元台幣售價即將調整，僅有的存貨欲購從速。

第二位爲您展示的是來自德國工藝的ChronoSwiss腕錶，雖然是德國製造，但是機芯零件全部來自瑞士製錶工業，爲一款傳承百年鐘錶技術和師出德國工藝設計的高級品，仕紳配戴更顯景氣風華。目前最受歡迎的這款二十萬台幣型號已經缺貨，意者請至專賣店洽詢。

第三位爲您展示的是，咦，他的手上並無配戴任何腕錶？哦，原來看完前兩位的展示品後，他決定去尋找一支更超凡卓越的腕錶，所以今天只能爲您展示俊英本人。

以上就是在聚會中才剛坐下，三位才俊立刻爲我示範的一場名品秀，幸好當天我並無配戴任何「秀水牌」腕錶（大陸出貨的A級仿冒品），縱然兩手空空的寒酸，也勝過超級比一比被比下去的臉紅耳赤吧。

每次和這些「BONBON族」大哥們聚會，我就像精裝打扮的大和撫子要參加聯誼，因爲與會的不是眞命天子就是本命馬，還一次就押中了三位thoroughbred（優良血統馬）馬主哩！

後來，其中一位俊青還帶我在敦化南路上看了一支具有「陀飛輪」機能的百萬腕錶。「陀．飛．輪」？我問是哪三個字（跟哪吒的風火輪有什麼關係嗎），因爲先前發生過「IWC」被我曲解成「Innocent Witch Connie」的慘案（誰教那時流行什麼「Blair Witch」啊），這一次他終於很認眞地當著百萬腕錶面前教起我識字了。

哦，只不過是支不受空間軸時間軸影響的優異手錶罷了，何況還沒有鑲嵌任何寶石，居然也要售價百萬元！

爲了回報他的有教無累，我也帶著他到「愛馬仕」名店中，仔細圈選可能參加下次聯誼的Kelly Bag女子和Birkin Bag女子。

陀飛輪與凱莉包，正是都會男女關係的一種簡約，即使很多單身女子崇尚BOBO族生活，但她們更希望在生活中找到一個BONBON族吧！

中國西南有個民間故事。有女子對家中的馬說：如果你能赴戰場救回正在從軍的阿爹，我就下嫁給你。不久，馬兒果然載著父親平安回家。但是，父親聽說女兒的荒唐許諾之後，一氣之下將馬兒殺了。有天，大風揚，懸掛在竿上的馬皮一股捲起，將主人的女兒裹起，終至不知去向。

其實，「凱莉包」就是馬主之間流傳的這麼一個有關皮革與女子的聯誼故事；我彷彿又聽到松島菜菜子不小心把水潑倒在男方身上，伸手去擦時摸到了愛馬仕的皮帶頭，然後說：「啊，好硬哦！」……

賣笑裝

PR Suits

「這是我的賣笑裝。」

當W博士這麼說時，我嚇得趕緊抽回正在撩起他胸前領帶的手，因爲我可沒有要買他的意思；在收回的眼角餘光中，依稀看到那是一條Gieves & Hawkes的點狀領帶。

每當看見別人脖子上的領帶時，我會習慣順手撩起來看看品牌，有時候是在後面的縫標上、有時候是掀開三角口就看得到，當然更多時候看正面的馬口鐵或是花朵圖案就知道，連撩起來都可以省下了。其實，我還有一個業界盛傳的不好習慣，就是「見好即收」，意即看到好東西時就想要占爲己有。目前爲止，已經從某總編輯（當然不是Men's Uno總編）身上拔下兩條Yohji Yamamoto和Dries Van Noton的領帶、從花花公子海夫納的公司幹部身上摘下一條Keith Haring小人圖樣的Playboy領帶、在吃喜酒時從長輩身上接手一條Christian Dior領帶。如此南征北討下來，於是衣櫃中充斥著別的男人的

體味汗味，很像是友誼賽後脫下球衫互留紀念。（咦，那我有給他們什麼嗎？）

「為什麼是賣笑裝？你又不是做養鴨人家的。」從一位頂著博士頭銜、身任執行長的社會菁英口中聽到燈紅酒綠的「賣笑」兩字，確實十分刺耳。

「因為只有在拜訪客戶的時候，才需要穿著正式的西裝，所以這樣的衣服當然就叫做『賣笑裝』了。」W博士順理成章地解釋，就像他每次在講述《追憶似水年華》時的自然。

「那你今天的賣笑裝是什麼牌子的？」

「英國的G&H。」雖然他一臉想從賣笑的束縛中掙脫出來的委曲，但是一身合體的西裝和同系列的領帶，甚至連那柄十二傘骨的黑色素點雨傘都可相配成套，如此講究的賣笑裝行頭，連雷夫范恩斯的〈復仇者〉都搖頭苦笑了。

「我們做的是高級賣笑，你們不理解的。」不理解？我承認自己是做天窗業的（因為工作常常有一搭沒一搭地開天窗），哪天迴光返照起來要穿Jil Sander、哪天月事不順起來要穿Jean Paul Gaultier，全憑自由心證；但W博士可就不行了，全球經濟像修羅煉獄般這麼不景氣，光是美國就已經裁掉了六百七十九位CEO，也難怪他要顫危危地每天穿上賣笑裝嚴陣以待，說不定下一個被裁的就是他。

Gieves & Hawkes也好、Alfred Dunhill也好，英國沙維洛（Savile Row）設計的保守西裝著實好看，既然身為一個高級主管，當你一身西裝革履地出現時，全公司上下的人效利益都會因著你的賞心悅目而有顯著提昇吧；不過，這是所有企業管理書都不敢明載的法則。

我是不懂賣笑的辛苦，但至少知道賣笑裝的好壞。常說做服務業的都是職業笑容，但既然要穿上賣笑裝時起碼也要呈現出某種專業的品味吧！西裝符合季節、襯衫搭配領帶、西褲包覆鞋面、褲管內藏襪子、手腕露出手錶、領帶修飾上身、皮帶平衡整體，一樣一樣檢視起來，才發現要展現專業的賣笑並不如想像中容易，而做得成功者又不能流於匠氣。

林森北路的穿金戴銀花枝招展、星巴克的綠色制服和麥當勞的紅白制服、舖路工人的白汗衫水泥褲、警察義消的重色工作服，其實每種行業的賣笑裝都自有他的尊嚴存在，W博士的西裝也是。至於賣笑之餘還要賣身、賣笑之餘還要賣乖、賣笑之餘還要賣命，就不在本文的討論範圍之內了。

只是，W博士在客戶面前穿的「Gieves & Hawkes」以及和我吃飯時聊的《追憶似水年華》，越來越分不清楚到底何者才是賣笑了。

一點豪華主義

Petit Glamour

那一天在新北投和久違的朋友吃飯。每次要和時尚人士見面時，總會讓我心懷忐忑地驚艷又驚厭，不論他是個穿梭在派對間具有Intelligence Technology的IT女郎、還是替F4化妝卻永遠搞不清楚電腦的F4鍵在哪裡的彩妝大師。就像這位彩妝大師，相識這麼多年，對他的視覺印象始終暫留在粉紅色，粉嫩的身體、粉紅的愛情、粉亮的彩鑽，彷彿在他的時空中每季的流行色都是粉紅；但是當晚卻看見他戴了一只翡翠鑲鑽耳環來參加飯局。

翡翠鑲鑽，在鮮艷欲滴的翠綠圓翡中鑲嵌著晶亮白鑽，正是萬綠叢中的一點豪華！大師誇耀自己設計的這組珠寶多麼突出（包括翡翠耳環和翡翠珠鍊），更突出的應該是他招搖過街的本領吧。

「一點豪華主義」（Petit Glamour），不再是寶光內蘊的極簡主義，也不再是嘻哈外放的新波希米亞風，而是在平凡無奇的衣著中加上當頭棒喝的一點奢華。我們不再需要裝扮得像個清修的靈山人士（向Hussein Chalayan、Jil Sander說拜拜），也不再迷戀IBIZA島的搖頭族（收起D Squared、Miu Miu吧），只想穿過名牌的克里特迷宮，回到原本的自己。

綿衫上面的一塊喀什米爾羊毛補丁、三合木地板上的一張Eames design座椅、塑膠手錶上的歌德盤面、尊榮白金卡上的一點白粉，物事的豪華感不再從絕對的繁文縟節中獲取，即使洛可可宮廷風格、紐約社交風格、攝政時期風格，都可以簡約成一點豪華。甚至，冷漠人間中的一夜情，都是一點豪華的行事風格了。

日本少女現在也發明「一點豪華主義」的美食享受，例如在冰淇淋上加著洋芋片吃，滑軟的脂霜配上乾脆的芋片，正可謂冰火同源軟硬兼吃，不相襯的兩者反而產生了豪華感，這就是「一點豪華主義」的精髓。這讓我想到高　動的動畫名作〈火垂之墓〉，烽火轟炸的東京天空下，相依爲命的兄妹已經命在天堂旦夕，卻還爲著能吃到一粒「佐久間糖」而歡欣雀躍；如果人生也可以爲了一點豪華而幸福過著，誰還在乎阿甘的巧克力，不知道下一口會吃到什麼哩。

最近從朋友那兒還發現「一點豪華主義」的升級版本。917納莉颱風時，因爲滔滔的大水沖毀了無數的商家，於是許多店內屯積的商品就隨波逐流到處亂竄，這個住在南港的朋友說：五分埔店家的衣服漂得到處都是，讓他撿起了不少件成衣，現在他終於可以在家穿著女裝了。聽他說這些話時，我看見一抹得意竊喜之情閃過他的嘴角，納莉颱風不僅造成無數災民，更讓我的朋友變成了女裝癖！我想，大男人在身上裹著一件女裝，這可能是一點豪華主義的最高境界了吧！

此外，納莉颱風還眞造就了不少的一點豪華，例如在敦南遠企附近的高昂法國餐廳，因應風災推出了「納莉套餐」，只要平平三百元就可享受開胃湯和香雞主菜，麵包還不吝供應，讓太平日只能過其門而興嘆的我，第一次和災民有了民胞物與的同感。感謝（？）天災，讓我享受到了法國料理full course中的一點豪華。

而即使台灣這麼國殤，在餐廳中卻見隔桌客人的冰筒中擺置著香檳，還有一長桌的客人正在進行公司聚餐，要不是颱風造勢，還眞不能跟這些貴客在同一個屋簷下用餐哩！

以前推行簡樸國民生活時的「梅花餐」，現在變成了「納莉餐」，到底何者比較有國難的味道，我實在也吃不出來。

爲了一點豪華，愛吃美食的我、女裝癖的友人，現在都已經像是江戶時代爲了和情人見面的女子，期待下一場大火的來臨了。

註：日本江戶時代的女子阿七，因爲在火災逃難中遇見心儀男子，爲了再度見到情人，不惜連續縱火。

不服禮服
No Tuxedo Required

．跨年派對與婚禮狂潮

從聖誕到除夕，從辭歲到賀歲，最近一直在參加各式樣各人種的派對歡宴。其中，男士帶錶、女士帶香水赴約的「聖誕單身派對」，後來成了王文華在報紙上寫的〈網襪派對〉一文。英國爵士在自宅舉辦的「紳仕淑女看對眼派對」，令人忘記他到底世襲了爵號沒有？此外，一群時尚好友的下午茶「發展派對」（別人發展關係，我發展體重），還有鄉下辦桌的婚宴以及飯店舖張的喜宴，荷包和胃袋越來越不成正比。

接下來預排在行事曆上的還有春酒、「莎士比亞生日派對」、以及聲光婚禮秀。我的角色不再只是充當賓客，還要擔任規畫派對的coordinator、主持婚禮的司儀、撰寫婚禮請帖的文案。首先，莎士比亞派對上要撰寫每位賓客的腳本，讓來賓扮演一位莎劇角色，並唸頌一段台詞，目前已找到馬克白夫人、李爾王三姊妹、威尼斯商人，但奧菲莉亞、薇歐拉等女主角還付之闕如。婚禮則要負責替兩位新人製作回顧影像，從非線性剪輯到配樂都一手包辦，今年的台北電影節就用這部作品參展好了。至於春酒就輕鬆了，喝到掛就對了。

但是，我在這些場合經歷了一些穿著上的挫敗。

・我不是大衛考特菲爾！

「哇，你穿得好像魔術師！」、「普通人不會在家裡擺這種衣服的！」這就是當我穿著Gieves & Hawkes的黑色緞面禮服，內著白色褶葉袖釦襯衫，頸圍繫著黑絨領結出席婚宴時所得到的讚美。我替新人的請帖文案這樣寫著：

『白紗與紅心，在春光中相遇。

時間與人間，見證我們之間。

虎虎生風的獅子，

柔情似水的巨蟹，

帶來人生的好風水。

這是我們的婚禮，請．上．座。

您的盛裝出席，更顯盛情隆重！』

結果當我被眾人圍觀時，這份「盛情」立刻變成「盛情難卻」了。

年初，爲了朋友要去參加歐洲的服裝秀盛宴，特地陪他在精品街挑選晚宴禮服。先到了Jil Sander，朋友中意的一套綿製禮服並不稱頭，綿線染色的不耀眼、綿布的不筆挺特性，當場被我擊退；接著來到Cerruti 1881，清一色的黑禮服正式有餘裝扮不足；後來在Dior Homme找到一件銀灰亮點的禮服上衣，但配上同色褲子之後活像登台作秀的艾爾頓強。

我感到困惑，朋友感到茫然，爲什麼堂堂台北竟連一套適合出席時尚晚宴的禮服都找不到呢？

我總是在衣櫃中窩藏著幾套禮服，應付正式宴會和盛裝派對之用，當然配件也不能少，領結袖釦領針胸花腰圍，這些應該已足以應付台北各大小場合，眞有朝一日能參加奧斯卡頒獎典禮或是出席

VH1頒獎典禮時，再去訂製高級時裝也不遲。

在台灣，禮服固然不易準備，穿著禮服的態勢以及對待禮服的友善環境更是百廢待興。誰也不想再穿著正式禮服時卻發現周遭的人只是平素的西裝領帶或休閒衫；更不想落到盛裝出席卻被眾人拱爲服務生領班或是高級魔術師的下場。

·請許我一個美麗境界

每年3月，萬眾矚目的奧斯卡典禮即將頒獎，屆時又將看到與會男士的黑禮服和小領結在星光大道的紅毯上閃爍。很難想像當記者問羅素克洛說：「你今天會變魔術嗎？」小心羅素克洛會拿電話或電話亭砸你哦！

許我一個美麗境界：有禮服走遍天下，無禮貌寸步難行。

白色彩虹

Over the White Rainbow

有些午后的時光眞的存在。今天中午，騎著單車在白晝34度下的街頭，因爲日頭把人群都趕進了大樓和騎樓避暑，空曠的鬧區街道異常不眞實，彷彿只有兩個鐵圈滾動著，穿梭在大樓的陰影之中。眼前一片白到讓人失神，曝曬得人海茫茫，突然想起之前經過Kenzo專賣店櫥窗中的那套白色西裝，可是今天再經過店門前，發現櫥窗假人已經撤去，張貼著「一折清倉」字條，店內一片狼藉。彷彿昨天的我是蘭若寺書生，遭遇到狐仙了。或許這就像卡繆的《異鄉人》，名牌時尚的人去樓空更讓人恍若隔世，覺得身處異地；這大概是自Jil Sander被迫離去品牌之後，未曾有過的失落感。

夸父只會追日，時尚卻是彩虹，讓浮華的人群追逐。卻永遠抓不到手、穿不上身，最終只能匍匐於大地，落得和夸父一樣的氣力放盡。這樣講起來，時尚其實是「黑暗事物」，永遠是一場未完成的落空。但時尚中的極簡風格，卻是黑暗事物中的「白色彩虹」，在極簡的線條中分出多彩的光譜，雖然什麼華麗都沒有看見，卻令人覺得極端炫目。

雖然極簡風潮已經褪去，就像彩虹永遠不會高掛天空。但是，人們都在期待彩虹的再來，我敢說。台灣有個豐饒的海，更有座富庶的島，雖然不是天府之國或黃金鄉，但足供島民寄居其中生養不息了，尤其各地的風物更值得上山下海一見。最近走訪了三義的「桐花季」，這趟旅程讓人生多了一層白色的舖陳。桐花大約從每年四月盛開，五月時滿開的桐花就像錯落的白雪堆積在山頭，本以爲在台灣坐火車時很難見到京都深山的景緻，那裡的饅頭山因爲彩色樹茵的包覆都變成了和果子，而現在我也在此見到了陽春白雪。

雖然三義特產木雕工藝品，我卻是專程來看桐花，等不及白天，當晚就騎著摩托車去夜遊。沒有路燈照明的山區夜路騎來有點吃力，全靠後座人的在地指揮和臨場的判斷，才得以冒然前進。不過，山間的桐樹香氣一路引導著夜間行徑，所以循香就來到了勝興車站。

勝興車站是日據時代的舊站，也是台灣海拔最高的車站，如今鐵軌和隧道都已廢棄，只剩車站建築供遊客觀賞。而周邊的山區林立著茶屋，就像九份、貓空、上海周莊，簡直是遊客來看遊客。和友人在舊鐵軌的月台上聊天，雖然是在地客家人，連他都第一次來這邊做客。前後山坡都是喧鬧的茶屋和遊客，只有我們在暗香處，談到浪漫，看著夜空數落心事，權充一下光陰的過客。

然後，開始往山坡的林道走去，這裡黑漆不見五指，因爲這是一條螢火蟲步道，只能用肉眼的餘光照明，以免光害蓋過了穿梭在樹林間的一閃一爍。看它們的飛行路徑，在天光和星光之外，世上只剩下這些光明事物在點滅著。

我們繼續騎往龍騰斷橋，夜路更曲折，但是一路的桐花落茵舖灑在路面，反而更想征服這條白色的步道。夜深人寂，終於騎到龍騰斷橋的深處，星空下聳立的斷橋遺跡形貌詭異，令人望之生怯，我倒覺得很像桂林山水的奇山峻嶺，沒那麼可怖。

隔天，正式去爬觀光季的五月雪步道，滿路的白桐花舖在圓形鵝石上，很像是溯著一條白色溪水前行。天上的銀河叫做「Milky Way」，桐花路的源頭應該在那兒。

從台北的馬路跳到桐花路，這絕對不在高鐵說的「一日生活圈」的可容範圍內。白晝的一日過完，我們的一夜生活，終於要開始了。

三宅一生與五體滿足

One Life Fills All Body

2000年8月三宅一生的展覽「ISSEY MIYAKE Making Things」在東京都現代美術館（MO+）成功落幕，它是將先前已在巴黎及紐約所舉行的展覽內容重新包裝，再針對東京地域特別展出，雖然巴黎和東京分居地球的兩端，但是流行的花道還是跨海穿越國界而來。

今次的展覽主題分成「Origami Pleats（摺紙縐摺）」、「Jumping（跳躍）」、「Pleats Please Issey Miyake Guest Artist Series（三宅一生與藝術家）」、「Just Before（成型之前）」、「Laboratory（實驗室）」、「Starburst（星塵爆炸）」等1990年代之後的代表作。

雖然此次的東京之行是爲了宇多田光第一次的演唱會，但眞正愉悅我的卻是未經安排的三宅一生展覽會。宇多田光蝸居在代代木競技館的一角熱歌勁舞，很難想像這是狂賣800萬張的天后所打造出來的舞台；而三宅一生盤踞著東京都現代美術館，從地下一樓一路延伸至地上三樓，彷彿是包含天地人三界的小宇宙。

首先通過的是壁紙翻飛的「Origami Pleats」玄關，所有在場者才一進場就震懾住了，紙由木生、相由心生，原來日本古代和紙的生命藉由衣服得以在人體上繼續存活下去，也許有一天亞馬遜森林滅絕之後，樹木就只能靠著人類一株株地活下來了。接著進入第一廳的「Jumping」，它的天花板垂落著十幾尊造型特異的衣服，有「三姊妹」、「飛天圓盤」、「盧梭的夢」等等，這些主題全部以衣服的樣式散落在展場空間中，當觀眾以爲只是靜態展示時，此時身邊的「三姊妹」卻突然從地上站了起來，她們並不是人來瘋，這只是她們的迎賓禮。懸掛在半空的圓盤和白衣影法師也開始垂直落體地彈跳，充分顯露Pleats的延展特性。當下趁著群衣亂舞時穿梭，有如通過十八銅人陣仗一樣刺激。

第二廳「Pleats Please Issey Miyake Guest Artist Series」則是以三宅所合作過的四位國際藝術家爲主，他們是日本的森村泰昌（名畫與自畫像）、日本的荒木經惟（影像攝影）、中國的蔡國強（火藥爆炸的軌跡創作）、美國的Tim Hokinson（皮膚與器官），展場中特別放置了一尊森村泰昌的眞人尺寸假人，終於第一次看到了不穿女裝的森村先生。說起蔡國強，大家也不陌生，因爲MoMo購物台有賣過他的作品，藝術不在蘇士比拍賣會而在電視購物頻道拍賣，這也算是台灣奇蹟了。

第三廳播映「Paris Collection」影像，回顧了三宅在巴黎時裝秀的歷史。走秀的音樂影像在歷經了這麼多年後仍然令人耳目一新，但更清新的是幾乎看不到他的秀中曾經啓用任何超級名模，所以志玲，不要難過。

第四廳「Laboratory」則是以電腦動畫投影在地板上，示範三宅這十年來的設計理念，畫面內容是如何將一塊平面布料變成立體成型，每一則短短三分鐘的影片，卻廣納三宅一生的巨大理念；在這個展場，我們雖然景仰大師，但仍須目光低垂以視。

第五廳「Starburst」的設計主題是將金箔銀箔包覆在舊衣外面，所以內裡故意顯露的破綻處就會看見原先的中古衣，如果中國成語「金玉其外、敗絮其內」可以具象的話，三宅一生已經實現了。

最後一廳「Just Before & A-POC」則是開發布的展示。布料雖是衣服的前身，但布料本身就具有存在感，本廳只見大紅和大黑緯布高高掛，縱貫整個上下兩層樓面，一股「天與地」的壯闊感欣然而生。

雖然花了數小時看完整個策展，仍覺不夠盡興，而且經過了長時間的時尚洗禮（其實是洗腦），隔天馬上就去新宿「O1MEN」館和「Barneys New York」百貨，直接去觸摸三宅一生的商品，一解可望不可及的相思之苦。

如果只是宇多田光，頂多買買專輯和演唱會表演，所費有限；可是碰到了三宅一生，卻要每一季納貢添購新裝，還要購買周邊藝術商品，不然他的衣服穿在身上只會相形膚淺。

看到可觀的卡費，三宅雖可滿足五體，但三宅卻也誤了我一生。

東宮與春宮

Eros and Me

波堤伽利的春天回來了，在度過了寒竣的時時刻刻之後，終於看到了蛋彩的天空。古早農人的春耕變成現代上班族的春鬥，萬物生長變成了領薪階級的「請給我錢」，繼過年的意義走味後，好像連優美的春光也開始走光了。

唸男校高中時，國文課上被一個激進的男教師逼問：「爲什麼『東宮』不叫做『春宮』？」因爲中國的五行之中，東方主木、木司春，自古中國皇帝的宮殿就分爲「東宮」和「西宮」，故有此一問；那麼「東宮娘娘」爲什麼不稱做「春宮娘娘」呢？當時如果知道有個女星叫飯島愛的話，也許我會回答出標準答案，於是那個學期的國文成績活活被死當。

如果說這就是對「春宮」的啓蒙，難怪它夾雜著被凌辱的記憶在裡面。最近得到一本搜集「官能用語」的工具書，內容把所有出現在日本色情小說中的常用字眼，分門別類地編纂成一部辭典，可以盡情查閱所有器官、感官、五官等性愛用詞是語出何處，（雖然這些色情小說一部也沒有看過）最令人愉悅的，還可以堂而皇之地將它當做正派工具書，擺在顯眼的書架上。

講到東方，除了日不落國人所寫的東方見聞錄，還有日出之國人的浮世繪。

那一年，在研究所日本教授的辦公桌上看到一整套的葛飾北齋〈富嶽三十六景〉郵票組，當下恨不得佔爲己有。（同學們都是恨不得把教授的學術研究佔爲己有）〈富嶽三十六景〉是日本浮世繪史上的曠世傑作，即使只是一套印刷郵票，卻也令人怦然心動。

從此，變成了浮世繪畫冊的收集狂，還專程到原宿大田美術館參觀浮世繪畫展，斥資買了十二大冊布面精裝的《原色浮世繪大百科事典》，從人物、風俗、志怪、繪師、歌舞伎，整個江戶時代盡收眼底。我終於到過梵谷和塞尙所看到的日本了。

後來，我才發現浮世繪中還有一座祕密花園，就是爲數眾多的春宮畫。這和以前看到中國《金瓶梅》的黑白刻板繡線畫完全不一樣，它是層層絹染的套色版畫，連青筋血管都活靈活現，鮮艷不可方

物（也巨大不可方物），對於二十歲的血氣方剛青年，衝擊的確很大。

現在想想自己純情得可以，看到古代春宮圖而血脈賁張，還眞是沒見過什麼世面；現在都是直接上網看色情圖片，哪有人會用如此呆板的方式？彷彿還停留在黃花閨房傳授的初夜寶典一樣。

如今，看到時尚設計師在這些年，山本耀司以明治時代的西洋畫入衣，做成了金線刺繡的Yohji Yamamoto浮世繪背心；Tom Ford將春宮圖直接印染成Gucci浮世繪襯衫。就像是春江水暖鴨先知，憑著對浮世繪的熱愛直覺，我知道時尚界的春天又回來了，這次吹拂的不是波堤伽利筆下柔髮飄曳、羅衫寸褸的西方維納斯，而是高梳髮髻、櫻唇鳳眼的東方美人。

藉由日本浮世繪，才開啓對春宮的懞懂似乎有點嫌晚，但是對時尚品味的鑑賞卻因而得到早慧，這其間的得與失就像落紅，遲早也會褪了顏色。

延展浮世繪卷，曾幾何時，十九世紀的〈清明上河圖〉變成了二十世紀的〈美國風情畫〉？套句曹雪芹的話：西廂壓過了東廂，這箱性愛光碟勝過了古早的洋畫片。

鍊物癖

Ex-Chain Lover

一直認爲當7-11在台灣開到第2500家的此時，應該要有人跳出來大聲疾呼了：「Chain Store」不應該翻成「『連』鎖店」，而應該翻成「『鍊』鎖店」！因爲英文的chain不正是鐵鍊的意思嗎？不過仔細想想，大概沒有任何正常的消費者敢在三更半夜隨便走入一家名之爲「鍊鎖店」的便利商店吧？如果只是打鐵賣鑰的鍊鎖店也就罷了，怕只怕走進去的是彪形大漢全副皮革鐵鍊的SM用品鍊鎖店，「便利」得一如灌腸，那眞的是會直的（straight）進去，躺著出來了；統一集團總裁高清愿先生的縝密考量果眞是對的！

雖然7-11終究不能正名爲鍊鎖便利商店，但是拿著金屬探測器走在路上仍會遇見一堆的鍊鎖反應：業務員口袋皮夾的長長掛鍊、滑板店小男孩鼻翼兩側的穿鍊、華西地痞頸圍上沈沈的黃鍊，甚至英國Chrome Hearts的毒辣辣銀鍊也會在哈雷大哥的金毛粗腕上看到，至於性虐待傳奇Tom of Finland的咬人索鍊，就不知在哪個太子黨的祕密俱樂部中才看得到了。

但是我只對狗鍊鍊鍊情深，有如里見八犬的勇士守護著姬君一樣的癡情。

有一年，像連續殺妻的藍鬍子一樣，陸續養了三隻西伯利亞哈士奇犬。最早的一隻是設計界的長輩將家中擺不下的長物——哈士奇送給了我，那是在這種狗最難熬的台灣夏天時，所以那年的夏天他們家眞的很寧靜。第二隻則是在家門附近用香熱的雞排引誘了一隻認不得路的浪犬，那種行徑和拿一根糖果串誘騙小女孩的怪叔叔沒什麼二樣。最近則是在圓環邊運回一隻前腳癱了的哈士奇。前後三隻一律以「雪狗」名之（因爲是雪地狗嘛），只在心中區分第一代第二代第三代而已。要是母狗就好了，還可以取名「雪莓娘」！

由於這種大型犬是勞動犬，我開始過著一個白領上班族卻和藍領勞工族同居的生活，而且牠們的拉力奇大，一個不注意這隻勞工就會把你拉倒在地，所以狗鍊和胸綁的選擇非常重要，不然可無法馴服一隻狼族後裔乖乖聽話，從那時起我就經常上用品店挑選狗鍊。

適逢那兩三年各大名牌開始重視寵物的生活品質和主人的時尚門面，Hermés、Gucci紛紛推出狗寶貝用品，狗食盆、狗骨頭、狗項圈等商品完全目中無人地進攻市場，看到這種華貴氣勢，我就在心中起誓：雪狗不僅要上遍台北各大夜店成爲社交新寵，更要走在大路上成爲超級名牌的super model！沒想到一心要把三隻哈士奇公狗調教成Alex Lundquist、Mark Vanderloo、Marcus Schenkenberg世界三大男模的美意，牠們全部沒有接收到，一隻一隻先後離我而去，空留下我的經紀人美夢。

年中時在東京新宿遊街，看到新建的「Comme Ça du Mode」旗艦店人潮絡繹，也就盲從地跟了進去，結果men's collection的商品沒有產生任何殺傷力，卻在一尊狗模特兒身上認栽，只見牠的脖子上圍著一條水手方巾，身上五花大綁著金焦糖色狗鍊，爲了怕這隻落單的狗兒在海海人潮中走失，我趕緊上前將狗鍊牽緊在手上，於是就一路牽回了台灣。

回來後看著空屋，卻想起已經沒有養狗了，也還有幾條未啓用的狗鍊。雖然歷任了三隻雪狗，牠們就像菲勞一樣到期就回國不見了，而我居然連一張和牠們的合照都沒有，周遭這麼多時尚大攝影師，怎麼會連個幸福合照都沒有替我留下呢？這件事始終遺憾。

但是，有著前三代雪狗殘留氣味的那條狗鍊仍在我的身邊，牠們的口水仍在四下無人時繼續繁衍著DNA，也許，我真該牽著一條空的狗鍊外出散步，才不負「Comme Ça Walk」系列的品牌精神吧！

貓來窮、狗來富，但富不過三代！戀物將人和外物緊緊套牢，鍊物卻使我和心儀之物開始鬆綁，持續鍊物，讓我對於愛戀這件事越來越鬆弛、越來越鬆弛。

水晶牛仔與太空牛仔

Cowboys are Ambitious

看過最美的一段流浪記事：在蒙古草原的星空下，星斗的光芒霸佔了整個蒼穹，擁擠的天空下，眞的可以聽見星星的音響；當旅人在大草原野地上解放時，有生以來第一次感受到有股巨大的疏離快感從體內脫出，誰能在舉目無盡、卻又眾星雲集的大地上如廁呢？而我，看著女友同時在不遠處的地方解放時，眞是令人欣慰又難過，只有在這個時候我們不能合而爲一體吧！

這是一位日本旅人攝影家在全世界流浪的手記中，所寫下來的蒙古草原記事；當我閱讀這個段落時，突然興起一股強烈的便意，覺得自己從來沒有好好上過廁所。流浪之於我，並不令人欣羨，因爲我是個害怕迷路的人，有點像是《天才柳澤教授的生活》中專走直角的那位老教授；反而是無拘無束的上廁所才是令我爲之嚮往的世界啊！

有位朋友在年少時一直沈迷於電玩世界，每天就在西門町的大型電玩店中和陌生人單挑過日，雖

然和他沒有交手對戰過，就這樣我們也認識了好多年。結果，有一天他來辭別說要去西藏，從此就再也沒有消息。經過了好半年，突然接到他打來的電話說即將回台灣，可不可以借住我家？後來他眞的來了，扛了一大袋的行李過來，裡面裝有厚重衣物、簡單的炊事鍋碗，其它就再看不到什麼熟悉的文明物事；他跟我說，此次回來台灣是要打個半年零工，湊足了錢就準備要再進出西藏。

我實在不知道要怎麼應對，只能默默地留宿他一個晚上，之後就從我的世界中完全消失了。對他的最後印象，就停留在給我的一張西藏照片，那是他在雪山山峰上的個人照，整個人盤坐在一塊白色的丘壑上，背後是天幕藍板，周邊則是層層疊疊的白雪，如果不是錯覺的話，我眞以爲他是用電腦合成把人騰空了起來。一個沈溺科技電玩的文明少年，突然變成騰雲駕霧的西藏浪人，難道眞有天啓嗎？看著他遺留在我家中的電玩主機（DreamCast、超級任天堂），第一次覺得那些東西都是文明的天譴，竟讓我不想再去碰觸了。

如今，都沒有人流浪了！我發現每個人都在lounge bar中流浪，就像競逐發現新大陸的航海家，每晚都流連在最新發現的夜店中忘返，難道他們在此看見了高更的女人大溪地？有個衝浪高手的朋友剛從加州回國，居然也追逐起台北的熱點，一個晚上連趕三家店而沾沾自喜，原來「逐水草而居」的遊牧天性現在變成「逐熱浪而居」了。

不知道流浪，也就不懂得征服，時尚界吹起的流浪風其實正是帝國主義征服世界的再現。Prada財團買下航海船隊出征大西洋，Louis Vuitton則積極主辦大西洋杯比賽，不就正是兩個大集團的航海霸權爭奪戰嗎？我私心希望第三次世界大戰是由時尚同盟國對抗財團軸心國所發起的戰爭。

曾經是「漂泊的荷蘭人」、或曾經吟唱的「流浪者之歌」，如今都收拾起流浪的裝束，搖身成爲專業經理人和創意人，即使去西藏或印度，也只是在替整個二十世紀的流浪史做一回顧巡禮，變得不再有新意了。也許，七〇年代嬉痞的「水晶牛仔」變身爲新世紀的宇宙「太空牛仔」時，才是流浪新紀元的開始吧！

吹笛人與松露之豬

Lost In Lounge

電音，讓我又多了一項動物本能。

一直以爲世界各大城市的lounge，只是時尚雜誌上的浮光掠影、慾望城市的摩梭場所、或專輯封面上的泰綺思冥想，與我何干？直到朋友透過人際網路找上門，希望可以合股經營一家複合式的高級lounge bar時，我才開始認眞思考：自己什麼時候變成派對時尚人士了？

這一家會員制lounge，規劃分成A、B兩棟獨立經營，A棟義大利餐廳、B棟俱樂部，入股金額80~100萬。地點位置鬧中取靜（以後可能會變成以鬧制鬧吧）、本區生活水準布爾喬亞，再加上離家近方便實地監控，的確是非常理想的投資利基。一時之間，我幻想自己將是台北最新貴的派對時尚大人物。

這幾年的lounge電音專輯，已經成爲新旅遊的朝聖指南，這些DJ混音專輯標榜來自南歐的派對沙灘、巴黎的佛像餐廳、印度的藥物天堂小島（黃藥師的桃花島？），這些地點全都是塡滿每年行事例的先頭部隊，如今，連台北時尚lounge也開始標榜獨家出品的電音專輯，除了販買你一夜情，DJ專輯還要販賣你一夜的情調。

沒想到在台北除了哪裡有美食餐廳，哪裡就有聞香而來的「松露之豬」之外，難道我們又多了一項動物本能，就是會自動排隊跟隨吹笛人的電音腳步走失嗎？

陪女友在巴黎瑪黑區買衣服時，在她未試穿一件和服開襟綁帶的白袖衫之前，已經迫不急待推薦她穿著此件優雅性感的「白無垢」上衣，回台北參加電音派對了。但我必須爆一下內幕：上次邀她參加的電音派對，是在一個地上滿是灰燼和塵屑的廢棄鐵工廠，現場爲了製造煙霧瀰漫的迷幻效果，還乾脆燃燒起木炭，搞得硝煙四起，人心惶惶（也許只在身上穿著迷彩軍裝病不夠附庸流行，還要像美國轟炸阿富汗那樣才夠酷吧）雖然賺到效果，但在場的人無不被四起的濃煙嗆得眼淚直流、咳嗽連連。就在這時，我聽到一聲慘叫，原來她穿的一雙Sergio Rossi高跟鞋在起舞時刮到了鐵條，留下一道難以抹滅的傷痕。（我想，這就是日後龜裂的原因吧）

而我也想不起自己是什麼時候入教了？（最後一次接觸新興宗教應該是在日本的Miho美術館吧）因爲「電音時尚派對」已經變成「統一教」的集團結婚了。我們預想自己將會化身成派對動物的高貴孔雀或沉默羔羊，更預期最終全體超脫達到涅盤的昇華境界，這未嘗不是一種末世救贖呢？於是我仍然逢人便熱心地傳教：「禮拜四晚上有家新開幕的Villa，老闆邀請我們去喔！」你要去嗎？去你者得永生。

再度審視「電音時尚」，先不問全身電氣凜凜的程度，自己可曾是時尚人了？於是我望著滿屋的電音專輯（大部分是封面設計的記憶度比內容電音的聆聽度來得印象深刻），看著滿櫃的派對行頭，以及那些Moby光頭的朋友（現在他們都很後悔留不出雞冠頭了吧），還有那個lounge股東的舍利子夢想（一個燒錢、一個燒人，同樣要燒才會跑出東西），突然覺得穿著睡衣在家「烘培」（home-party），當個派對喜憨兒，應該也是不賴的。

legged
race
7
Three-
legged
race
24
Three-
legged
race
24

看誰在走運？

Fashion Run & Run

「沒有好看一點的嗎？」聽我這樣問，熊教練滿臉鬍疑地（因爲他的臉龐都是鬍渣）從辦公桌上抬起頭看我：「爲什麼一定要咖啡色的球拍才行？」我指了指地上的運動袋給他看，因爲要搭配Adidas今年流行的粉藍咖啡色系的球袋嘛。聽罷這種耍賴般的解釋，教練恨不得將牆上的球拍取下來抽打我的屁股，這到底是來打球的還是來打秋風的啊！

都怪《wallpaper*》雜誌選什麼Adidas球袋爲本季必備的流行物件，結果沾沾自喜提到了壁球場，不只教練感到困擾：我是來打球還是來走秀的？連每個朋友看到都問我：你又離家出走了嗎？

不要再告訴我，你們多麼年少時守夜只爲看威廉波特少棒轉播而犧牲的睡眠、或是現在上班請假看王建民的大聯盟比賽，就能向我展示你們對運動的狂熱。這只球袋可是在凌晨五點，大型購物廣場首度開放二十四小時營業時，我衝去選購的運動精品，而且用品店店長爲了資獎我的運動狂熱（或是購物狂熱），還特地打了八折哩！這才是身爲一個Alé！Alé！的運動迷該有的表現吧！

每四年全世界都會陷入世足盃的熱浪，但運動的購物狂熱可不能煎熬四年才發作，隨時隨地都要來個購物大滿貫才行。雷米金杯溫布頓水晶杯F1大獎杯都不能阻止我的購物袋聖杯！雖然每天都會將ESPN頻道打開，但我的注目焦點只有「俄國新沙皇」Safin的球衣球褲，他在比賽時會換脫汗溼的球衣，這個在球場上的動態直播秀絕對令你對產品的特性一目了然。艾柏格的北歐貴族優雅、山普拉斯寬大瀟灑的美式隨性，韓曼英國小獵犬般的拘謹，每個國家的選手正如每個文化的風格，運動造型和他的球技都可一覽無遺。

其實運動時尚也不無遺憾，從小練習跆拳道卻沒有拿到黑帶，不然現在陳詩欣可能是我的金牌女友，而陳純甄可能讓我給一桿進洞了；但陳靜還是不要惹她，她可能一個起手拍就給我死了吧。（也就是說，運動時尚並不會讓你的球技變強）

即使穿上法拉利球鞋，也不會讓人變成百米的劉易士（可能還會慘跌個狗吃屎）；套上拳擊夾克，也不會讓人踏著蝴蝶步變阿里（說不定還矯枉過正變成小碎步）；即使把到陳純甄，她的一桿進洞功力大概只會讓你臨陣倒戈。

不過我必須自首，這些號稱「運動時尚」的精品實在不算堅固好用。球袋的車縫線沒多久就綻開了，球鞋的底邊在我和安迪洛狄克對打前已經裂隙，還好當初沒有衝動買下那輛Mercedes Benz出的自行車，朋友說他的那輛現在變成公司的「東京快遞」專用車了。

自從BOBO族和spa風潮出現後，連從不親身參與運動的時尚人士都對運動用品趨之若鶩，對他們而言，這可不是穿著spandex萊卡緊身衣在健身房亮相的小事，而是必須穿著Chanel網球裝攤提在陽光下的大件事，而且還要記得：防曬止汗的事前準備一定要做好。

於是各大設計品牌一律推出車縫線的保齡球鞋，然後把泰拳搏擊（Muetai）短褲變成超性感的迷你褲，連柔道的功夫裝都類化成和服開襟式的高級坦胸上衣。運動場競技場道場上的汗水味，現在全部變成高級時裝的織品味和香水味了。原來，運動世界不只被超級美少女庫妮可娃頤指氣使，也已經被時尚購物給染指了。

我看著身邊這群「無卵頭家」的嬌嫩朋友（無卵不是指沒有卵葩，而是沒有卵巢），也許將瑜珈包從地心引力上舉2公尺，已經是他們今生最大的極限運動；將情人的棒狀物挺舉，則是他們最常做的啞鈴重量訓練。只是，他們能將每一季限量發售的時尚配件，從Jil Sander設計的Puma球鞋到Louis Vuitton的世界盃足球全部搜括一空，這種風馳電掣的行動爆發力完全不輸NFL（美式足球聯盟）球員，這些無卵頭家應該才是運動界最需要的衝鋒人才吧！

今夕是何年？對不起，現在是喬丹飛人鞋第幾代了？我的那雙阿格西開發的Nike不織布網球鞋，還來不及踏上羅蘭蓋洛（Roland Garros）的紅土球場，就在巴黎地鐵上碰到了羅馬尼亞流浪漢，它的溫布頓雪白霎時被踩得灰頭土臉，和我的臉色一樣。

高貴的使役

Shoes of Lord

看代步工具，就知道一個人的行徑。

如果是漂泊的荷蘭人，乘著破敗的幽靈船晃蕩在汪洋上，就知道他們是萬劫不復的鬼魂，沒有什麼好下場；如果是飛行的紅豬，駕著螺旋翼飛機穿梭在戰火和美女間，就知道他是個懂得鑽營的人，還帶著些許浪漫。

歷史上的交通工具，我只遺憾未能登上兩種：興登堡（Hindenburg）飛船和協和（Concord）客機。

興登堡飛船是貴族的空中嘉年華會，引發地上平民莫大的騷動，當它在空中爆炸時，想必船上的仕紳淑女們一定後悔爲何不選擇鐵達尼號出航，至少還能冰封在北大西洋下留個全屍；當然沒有能登上鐵達尼號，想必也是很多殉情男女心中的憾事。

協和號終於在二十一世紀初停飛了，極速萎縮的業務已經不能承載它那超音速的高貴身軀，應該是

說平民們落實又下墜的強大力量讓它失去了衝上雲霄的動力，因爲再也沒有人嚮往這種歐陸貴族式的交通工具了。當然東方特快車（Oriental Express）仍然奔馳在歐亞大陸之間，你還是可以享受睡在鐵軌枕木上的高級臥舖間的異國夜晚。

這些代步工具也代表著某些階級的生活行徑。就今日來看，開著霍華休斯的私人小飛機或駕著尹衍樑的遊艇都屬闊綽的玩意兒，卻以乎流失掉一些難以言喻的傳奇色彩，而這些色彩並不是金錢本色可以鍍上去的。也許擁有一艘專屬的獨木舟輕艇或是滑翔翼，反而會來得冒險傳奇多了。

有別於這些前代的仕紳貴族，在城市的大街上又出現了新興的貴族，他們再也不需要昂貴的交通工具，不用百萬房車也不用千萬跑車，但一樣走路有風；只因爲他們腳上蹬著高貴的鞋子。

自從〈慾望城市〉的凱莉踩著Manolo Blahnik的高跟鞋踐踏在紐約大道上，全世界登時明白：她才是女王，她眞正踐踏的不是道路，而是那些買不到（或買不起）Manolo Blahnik的女人。

於是看到越來越多人踩著Y3的球鞋或是Tod's的皮鞋，他們走過路面上的污水坑或是狗大便壓扁的垢痕，彷若視而不見；而台北滿目瘡夷的路面也因爲它們的經過而滿地生華，綻放出一朵朵蓮花。

這是新世紀的騎士精神嗎？用自己的好鞋去掩蓋路面上的不堪，就像是中世紀的騎士脫下披風替女士蓋住路上的水窪，充滿著奉獻的精神，但身爲現代人的前者八成只是愛現而已，不是奉獻。

每次看到女人從名品店提著名牌購物袋出來時，她們那種忍不住的輕盈小跳躍（skip），其實才是讓經濟大躍進的原動力。（香港的觀光廣告不是都這麼拍的嗎？）穿著名鞋跳躍的一小步，卻是經濟躍進的一大步，看來太空人阿姆斯壯說的話已經作古了。（而登月太空船就和他的名言一樣，也成爲傳奇的歷史了。）

所以我更相信：這些足登漂亮好鞋的男女是具有貴族精神的，以爲穿著好鞋就像嘴裡含著銀湯匙出生，一切崎嶇的人生仕途就可如履平地，不用再費力氣，雖然最後可能只會折了鞋跟、磨了鞋底；但至少當你自己回家療傷時，還有一雙受難的鞋子陪著你一塊收入鞋盒療傷。

原來我們還擁有一個高貴的僕人可以使役，鞋子就像是落破華族的忠心管家一樣，再怎麼家道中落也不會棄你而去；不過當你要奴役它之前，請先努力工作賺錢成爲它的鞋奴再說。

滿天星斗與跟斗

Sparkle of Life

閃亮的事物永遠都存在記憶：瑪麗蓮夢露的一顆痣、奧黛莉赫本的一抹笑、史蒂芬桑海姆的一首歌（Stephen Sondheim，美國百老匯音樂劇作家）、以及高橋眞琴的滿天星瞳孔。

前述三位或多或少都耳熟能詳，但最後這位「高橋眞琴」是誰，光講名字大概沒有幾個人知道；可是各位回想一下小時候班上女生（或者就是你本人）用的香水鉛筆、塑膠皮磁鐵鉛筆盒、印刷美美的筆記本、亮閃閃的彩色墊板，這些文具上面是不是都印著頭上戴著滿天繁花、頭髮如波浪堆雪、眼睛閃爍星夜光芒、臉頰泛著蜜桃腮紅、五官只許天上有的歐洲美少女？（一口氣寫完這麼多非人的形容詞好累）

在民風未開的那個年代（大概是三十年前吧），只要能得到上面印有高橋眞琴畫的娃娃的日本文具，簡直就是天上掉下來的禮物，也難怪那些家境很好的公主同學們每一個人都應有盡有，看到她們帶來學校的高級文具時，連我們手上把玩的超合金機器人和變型鉛筆盒都立刻軟掉垮掉了。

一直到長大出社會，我都沒擁有過任何高橋眞琴的周邊商品。

可是有一天，雞朋牛友突然拿了一本畫冊來跟我炫耀，一看之下差點沒有整個人翻了過去——那不正是遺忘已久的高橋眞琴嗎？（也直到那一刻才知道作者的名字叫這樣）沒錯，人物造型、彩色筆觸、夢幻風格，所有在童年夢寐以求的美好都在眼前重現了。

後來，我就以重溫回憶爲由將畫冊從朋友那兒強佔過來，但是畫冊得手後，也許是近鄉情怯吧，擱了好一陣子都未曾拿出來翻閱，當我有一天誠惶誠恐地翻著這本畫冊，來到了作者簡介的地方，上面沒有作者的個人照片，只有數行文字說明，當下以scan的速度一目十行就讀了過去，但是看完後總覺得有哪裡不對勁，於是我再細看一次這些說明，這時，天啊，原來高橋眞琴是個男的！

從此，我就深陷在高橋眞琴的夢魘之中而無法擺脫，後來接到同樣是受害人（據推測）的朋友來電，跟我陳述她在小時候如何珍愛過高橋眞琴的鉛筆盒等往事，聽完她的話更強化了我想要寫下：如果你在童年時代也曾經喜歡過高橋眞琴的畫作，請你一定要趕快回顧一下自己的人生有沒有哪裡出了問題？

最可怖的是，最近正好看到一本日本雜誌採訪了這位年過六旬的歐吉桑，他的照片是頭戴一頂毛呢帽、雙手捧著一把愛麗絲小雛菊的花束、瞳孔閃著四粒打燈的光點、而且還泛著羞赧的一抹微笑——天啊，他跟手上的花朵一點都不配，唯一配的只有花甲之年，我又要陷入十八層惡夢之中了！

附帶一提，三宅一生數年前發表的男性運動風衣，衣服佈滿了日本藝術家村上隆所畫的天眞無邪卡通眼珠；如果我喜歡閃亮的星光瞳孔的話，會考慮買一件來穿吧。

沒想到閃亮的事物也會是一場揮之不去的夢魘，例如：美川憲一在NHK「紅白歌唱大賽」穿的亮片裝，以及從小看到大的滿天星瞳孔。於是，我在滿天星斗中栽了一個大跟斗；閃亮雖美，可是就像一片大閃光之後，眼前只看得見飛蚊金星，再看不清任何事物了。

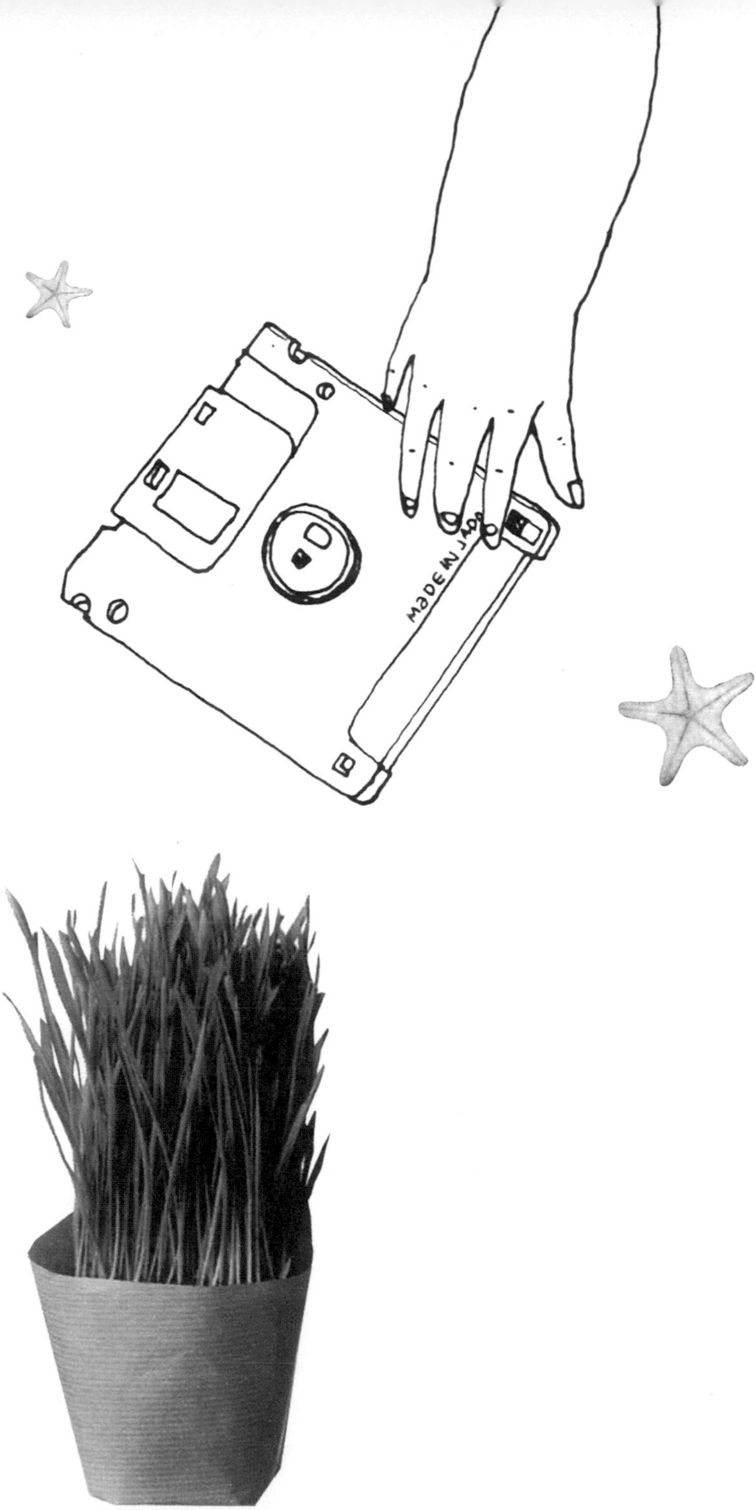

一份沒有落款的性愛條款

Sense of Common Sex

・「一個嬰兒有性生活，你能想像嗎？他還沒有任何意識，沒有任何個人特性、沒有任何知覺，卻已經有了性衝動，而且說不定，還能有高潮。我們的性的意識先於我們的自我意識。我們的自我還不存在，我們的色慾就已經在那裡了。」這是米蘭．昆德拉的小說《身分》，男女主角對話中，香黛兒對尚馬克說起。

所以我不想要小孩，只想當小孩。

・朦朧的慾望，殘酷的性。當性自覺發生後，人類就變得不再自愛，以身體攻擊，以性愛自瀆。

・風俗產業應該是發展文化產業的火車頭，就讓風俗產業帶頭，再讓文化產業收尾吧；沒有風俗，豈不就是群龍無首變蒼蠅無頭。

・最近一直接到酒店公關打來的騷擾電話，要我去店裡消費隨我玩。一次又一次的手機騷擾，講

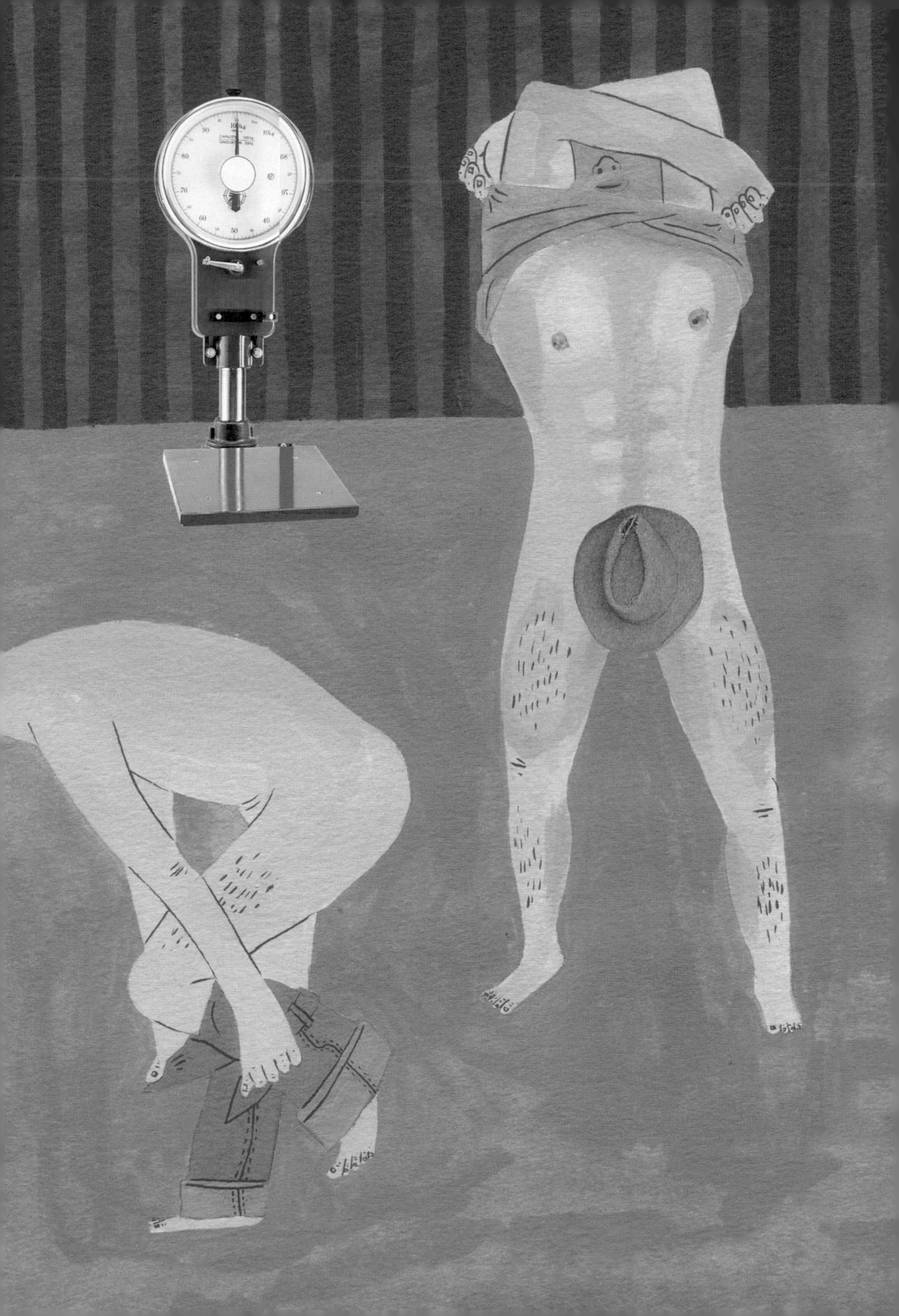

到最後，雙方都不悅了。買方和賣方本來就是不平等，只是在這件事情上，他人的性和我的隱私，都同時被公開販賣了。

．對性的興趣，人皆有之；但對性別感興趣，就不見得人盡皆然。一直納悶：性別的「別」，是與君訣別的「別」、霸王別姬的「別」、還是琵琶別抱的「別」？不知道，只曉得作愛時要分門別類，不要搞錯門，也不要搞錯性別和同類，哈哈。

．因爲是「造愛」、「作愛」，所以我很喜歡日文中有個名詞叫「無造作的愛」，形容自然的愛、不修飾的愛，但聽起來更像是無性的愛，因爲無造．無作嘛。

．不記得有多久了，我們都從無盡的愛變成無性的愛，終於來到夢寐以求的「無造作的愛」的空間了。

．用生命去換取性，這就是人生。當我吃著公蟹的蟹膏時，想像著有多少母蟹的橘紅蟹卵在等著這些蟹膏的臨幸。於是用未受精卵的生命去換取螃蟹的性，這就是我的人生。

．David LaChapelle是非常會把玩性道具的攝影師，看他所拍的Lavazza廣告，就驚歎怎會有人拿咖啡杯、盤、匙、叉，來玩弄人體，物化卻美化，讓人覺得性還是需要用到道具來把玩啊；而Terry

Richardson則是非常會玩弄性的攝影師，討厭他讓少女抱著小羊，甚至還穿著漬染出痕跡的內褲。

・有些設計品牌就帶著性意味，像妓女般的某義大利時裝，像阻街男娼般的某雙胞兄弟品牌，所以也有像修道服的品牌，如Jil Sander。但是，總不能每天都穿著修道服度日。

・曾經在某年的生日許願：今後學著做一個上半身講理、下半身不講理的人。因爲現實情況正好相反，總是學不會用下半身思考。人類的最終兵器就是「性」，但終歸會滅亡於「性」，想當新世紀傳福音戰士的我，又陷入長思之中了。

・到處充斥著情慾作家、兩性作家（希望我不致於淪落於此），但也有無慾無性的，姑且稱之爲「道家」吧。

・如果人生的光明面和黑暗事物能同時存在，只存於性上吧。

・關於性，把白日夢留給別人，把夜生活留給自己吧。

・如此寫性給讀者看，不如起而行吧！

SM人模

Super Mannequin

·當人魔混入人群中，於是我們更寂寞了。

先從〈沉默的羔羊〉講起好了。精神醫生雷克特博士（Hannibal Lecter）和FBI探員史塔琳（Clarice Staring）經過十年後再續前緣的〈人魔〉，如果純以男女關係的角度來看，這也算是一部交際場的電影。

雷克特總是衣冠翹楚，連精神病院的束縛衣也是量身訂作；雖然他是一個吃人魔（Hannibal），身型卻像人模，他總是準備逃亡到世界各地，卻不忘先準備好美味的機上便當。由此告訴了我們一個道理：如果你想成爲一個高級人魔（或高級人妖），就必須keep好你的身材和品味（讓自己和別人享用時才會有好口味）。

其實我要講的不是人魔，而是人模。

・超級人模 vs. 傳統人模

辛蒂克勞馥、克勞蒂亞雪佛、蜜拉喬娃維琪、馬克凡得魯，自從上個世紀的八〇年代出現這些名號輩出的「超級人模」行業後（俗稱：Super Model，簡稱SM），把玩依照上帝形體所複製出的人類形體，就從神職人員手上轉讓到了時尚設計師手上；至於仍然用手把玩塑膠射出人模（俗稱：Plastic Figure）、裁剪紙娃娃（俗稱：Paper Doll）、郵購充氣娃娃（俗稱：Blow-up Doll），頓時從傳統手工業淪落爲夕陽工業，而被打入反智行爲的冷宮中。當然，也是有Martin Margiela這種安特衛普設計師，走秀發表時絕不降尊紆貴啓用超級人模，而使用一二三木頭人模的。

偶爾路經遠企購物中心的環型賣場，總會看見一列穿著Prada新裝的站衛兵人模，這種時尚景象卻讓我想起社會學鉅著《寂寞的群眾》——因爲在人群中，我們的肢體缺乏自主性，我們的人格只能依附在事物上；正如在通化街夜市的少女服飾店門口站立的五尊美少女戰士假人，這又和在省道阻街的檳榔西施有什麼差別呢？當人魔混入人群中，於是我們更寂寞了。

強尼戴普的刺青把過凱特摩斯、關之琳的SKII美白過黃家諾，能和超級人模男歡女愛儼然變成現代人際關係的最高境界，但我還是喜歡和傳統人模玩××。只要家中的櫃子一打開，死角堆放著五體抱殘守缺的十二座宮黃金聖鬥士，那種混亂的情況比起九大行星排成大十字凶線還要天文異象；全身衣不蔽體的泰山和裹得密不透風的蝙蝠俠扭打成一團肌肉，構成一幅絕佳的「鳥獸戲圖」；木之內櫻的水手服上套著Spawn的變形紅披風，閃靈殺手Cosplay庫洛魔法使。試問哪個超級人模能經得起這樣的玩法？

・巫毒小娃 vs. 木乃伊人形

回來講講我和朋友的人際關係吧。有個作家好友在香港私購了一組海地巫毒教的小人偶，我不甘示弱地隨即也買了一組木乃伊實驗人形（以免她拿來釘我用），雖然我們兩人的交情尚淺又相見恨晚，以致來不及發展童年時代一塊辦家家酒的異性關係，但經由現在交換彼此所擁有的咒術娃娃（這也算是某種換帖行爲吧），還是挽回了我們聚少離多的友誼關係。反正又有什麼差別呢？我和她早就過了玩芭比和肯尼娃娃的年齡！

只要是人模都需要換衣服，芭比要換新裝來永保青春、蝙蝠俠要換上新胸肌來對抗邪惡、

Mannequin假人要換上春夏的條紋襯衫來領導潮流，所以「人要衣裝」的意思其實是人際關係絕對需要衣裝來維持。讓我們看看，雷克特博士穿著全身的Gucci西裝出沒在佛羅倫斯，讓該死的無禮者在遇害前至少可以看見最美的時尚掠影；躺在陵棺中的法老王全身裹滿油布束衣，即使臟器經過千年的掏空，後人瞻仰時仍只看到他凹凸有緻的身軀。

・人魔 vs. 人模

穿著Gucci的吃人魔是人模、美國殺人魔是人模、內臟分家的法老王也是人模；管你超級人模還是傳統人模，反正人人都愛，於是我幻想：吃人魔的童年即使沒玩過樂高積木，至少，也玩過人骨拼圖吧。

時人

酷獸的秒殺

Killing Me With Your Kuso

年關又將至，以前的中國農民爲了趕走「年獸」，於是發展出了一套節慶文化，鞭炮震天價響、紅紙屋裡屋外張貼，才得以驅退這頭可怕的野獸。

大家都不再怕牠了，年獸變成世界動物保護組織忘記列名的瀕臨絕種動物。

現年大家怕的是另一種野獸，名叫「酷獸」（KUSO），只要每天打開電視新聞，就會看見酷獸肆虐的追蹤報導。最近台灣的熱門新聞就是有位台灣大學的男生，因爲在網路上記載自己呑精液的事實，而被一群莫名的支持者崇拜，認爲他是新的英雄。

媒體每天宣揚這種酷獸文化是年輕人之間的新寵，呑精之後接著又有一群人在馬路猜拳，輸的人要在行車來往的十字路口做俯地挺身。連湖南都傳來一段網路短片，某大學生可以自體發電，同學們還幫他拍了支自己發動電爐，火烤煎蛋的短片。於是每天打開電視，我們都可看到酷獸文化的〈歡樂一籮筐〉。（八〇年代極其流行的由觀眾拍下有趣的錄影帶，寄到電視台播出的節目）

難道張愛玲筆下那些呑金自殺的女人不算什麼？不過是呑精罷了！

不像守在人類夢枕邊，專吃惡夢的貘獸；酷獸只吃垃圾，然後再拉出更多的垃圾供大家爭食。瀕臨絕種的年獸還可用鞭炮春聯趕跑，卻要用什麼才能打退窮凶肆虐的酷獸呢？拔掉網路線嗎？還是關上電視？就連走上街頭說不定都會看到馬路上正有一群人在等著猜拳哩！

當然也有沒那麼臭的酷獸，例如Paris Hilton的網路性愛影片。它集合了豪門放蕩、男歡女愛、商業炒作、瘋狂崇拜，所以現在芭莉絲小姐已經成爲新一代的酷獸女王，而且大家爭食起來卻還津津樂道，讚不絕口；連我自己也是，還等著買她的愛犬丁可貝兒出版的新書，一睹牠爆料主人的精彩內幕哩！（請看《The Tinkerbell Hilton Diaries：My Life Tailing Paris Hilton》）

突然想到，菲利普史塔克先生（Philip Stack）的設計不是也滿酷獸的嗎？尤其是那支蒼蠅拍。拍面上印著一張人臉，想到待會就要屍肉模糊，誰能打得下去？

現在這支蠅拍還不是成爲現代設計的經典，連蒼蠅都要因此感謝它而少被打了好多隻同類呢！

這樣越想就越覺得酷獸和現代人的生活已經逐漸融爲一體，不可分離，就像皇帝再怎麼賴在紫金椅上不願下來見到路有凍死骨的慘狀，可是現實生活就是酷獸已經在橫行了。尤其是什麼他媽的酷獸冷笑話：老虎伍茲（五隻）比兩隻老虎跑得快。

到底要不要怕酷獸？人類和牠應該可以和平共處吧；這就像到底要不要怕核電？人類應該可以和它相安無事吧！

只是以前的年獸可是一年才來一次，現在的酷獸可是分分秒秒都在出現，對我們進行著秒殺。

散漫人士與浪漫騎士

Knight and Nighter

週五夜狂歡到了極點，現在是幾點？只記得最後在車上看到是微曦的凌晨。週六再往捷運出發時，已是夕照的光景了，這時，接到一通昨夜狂歡的amy電話：「昨晚你把胸章掉在我的車上了。我現在開車往天母吃冰淇淋，你要來嗎？」我探問了胸章的近況後，就把電話掛了。

那是一只agnès b.的蜥蜴胸章。曾幾何時，男人的飾物會掉在女孩的車上，下車時被遺留在助手席了？而且還被對方來電告知？我不知道什麼時候才會再見到amy，卻很想趕快把胸章領回。

捷運的車行，正一直往淡水夕照的方向奔馳，我想，現在應該已經超越天母了。

在這個城市，經常會混淆視聽——把「愛情」當做「浪漫」；不過，我的故事則是性別混淆了視聽，把男人義正詞嚴的「正當防衛」當成對女人的「浪漫」了。

「愛情」與「浪漫」的關係，從來就不像Dolce與Gabbana的合作無間、雙位一體（其實他們也分

手了）。愛情是昂貴的正牌，一段時間只能買上一個；浪漫只像是一個副線的「D&G」，可視採購預算再決定是否添置。但是太多人把買名牌當做愛情，這就更等而下之了。有個朋友IT女郎在米蘭的Dior Homme店中，一出手就採購20萬，不是里拉、而是台幣，讓我們這些友人覺得：他既不需要愛情也不需要浪漫，而是哪裡的洞開了，需要被填補。

即使在充滿瘟疫、黑死的城市中（想想馬奎斯的《愛在瘟疫蔓延時》和維斯康堤的〈魂斷威尼斯〉吧），愛情也永遠不會失去養分；但是脆弱的浪漫就不行了，沒有歌德詩篇的萊茵月光、沒有鴛鴦蝴蝶的水榭歌樓、沒有鳳宮的圓桌劫美、沒有租界的霞飛落日，浪漫就只能抱殘守缺。委曲求全的愛情還有很多人甘之如飴，但是殘缺的浪漫卻像中世紀的天鵝騎士成了滿街爬爬走的小綿羊騎士，駿馬變成機車，燈火闌珊處的眾裡尋覓變成冷光手機的一call就來，除了以愛之名仍在之外，到底剩下了什麼浪漫？

曾經在夜店Organo中，目睹一女子拿出藍冽冷光手機照亮了整座的男士，才驚覺《賣火柴的小女孩》故事必須要改寫了。

想必散漫如我者，是沒有資格談浪漫的。但是心目中的浪漫騎士應該是環法自行車賽的黃夾克選手吧！狂歡夜的那晚，店老板煜哥說他對客家文化仍存有浪漫，我笑說：這叫「一息尚存」。他就摸著肚子的一塊肉，告訴我們一息尚存的地方在哪裡，我們看了大笑。城市的浪漫變成了中年人的理想，政治理想則變成了腰圍的肚肉；只要肚肉存活著，浪漫人士就還存活著。有時優雅的西褲表現了中年人的節制，有時微突的中腹也突顯了中年人的浪漫。最怕遇見的就是中年的豪宅主人，最近見識到了台北信義路五段上的豪宅，把地下停車場的牆壁裝畫成高爾夫球場，開下去的名車彷彿是一輛輛的載客接駁車上了果嶺，反正每輛車的後廂中確實都內藏了數套高球用具，那就乾脆取下來一桿進洞吧！這種中年浪漫已不在我的交友範圍之中，完全OB了。

我的浪漫仍停留在「白馬王子是愛情．天鵝騎士是浪漫」的視覺系層次，請不要告訴我「網路小說是愛情．視訊是浪漫」，那網交的約會強暴是什麼？

愛情是從love開始、浪漫是從over結尾的，我的lover。

大和撫子與哈根大子的慰安對話

J-Pop Talking

大和撫子與哈根大子是日本女性。「大和撫子」是夏目漱石在大正年代來不及遇見的現代美女，也是策動拜金消費的最佳女主角，新近才成爲某當家小生的麻辣家當；「哈根大子」則是八〇年代紅極一世的玉女偶像，在上個世紀末剛結束了她的第二段婚姻，據推測原因，可能又是欲求不滿的外遇。

大和撫子身爲拜金女郎的paper doll，必須將Celine套裝、Prada腰帶、Gucci高跟鞋、LV皮包、Hermés絲巾等名牌組件，穿用得像和服的十二單衣，方能表現出紫氏部筆下源氏女性的傳統美德。

哈根大子因爲有一正在長成的女兒沙耶加，就像觀察牽牛花日記一樣，必須不時地注意她最愛看的卡通〈神奇寶貝〉，以免其中的草系寶貝「菊草葉」（Chicorita）有朝一日進化/物化成Royal Copenhagen的OLE茶壺時，女兒會發現這個家的生活品味很匱乏。

雖然收視又創下新高點，其實大和撫子並不那麼愛扮演拜金女郎，但她最近發現HBO的影集〈慾望城市〉有個角色非常適合她——女主角凱莉的好朋友，那個名叫阿慕莉塔的國際拜金女郎。因爲她想：如果要演就演這個角色，或許可掩飾她從未閱讀吉本芭娜娜的小說《AMRITA》所導致的文盲症吧。

哈根大子的女兒沙耶加現在正一步一步走向反抗期，因此她開始擔心女兒看的動畫〈新世紀福音戰士Evagelion〉會助長弒母情結。要是沙耶加發現「Evagelion」其實是歌劇女神卡拉絲的媽媽名字，也許她就會立志要走上歌唱志業；而卡拉絲的歌唱造詣，可不是她這個媽媽的青春歌藝所能比擬。但她擔心的還不僅於此，沙耶加要是發現自己晚上常去的牛郎店「亞當的奇遇」，店中某位帥哥服務生長得很像「東京小子」的長瀨智也，沙耶加可能會胡不歸地走向漫長的思春期，像她一樣。

大和撫子雖然拜金，卻不拜物。她認爲：自己並不戀物，她可不像同期出道的藤原紀香，敢在名牌手包上掛著一只「飛天小女警」玩偶招搖過街；自己並不戀童，因爲她可沒有跟共演的傑尼斯小俊男發生任何感情（也許有發生關係吧）；自己並不戀愛，雖然演的偶像劇中都是她勇敢求愛，但其實她只是知道自己要的是什麼罷了。

哈根大子畢竟是疼愛女兒沙耶加的，雖然不是自己的周邊商品，她還是外舉不避仇地買了當今最紅的「早安少女組。」造型人偶給女兒。不過她想：當年自己所向無敵時，這種造型人偶可是設計得有創意多了，至少會把八個「早安少女組。」成員的人偶由大到小套成像一組俄羅斯娃娃，不像現在只是滿坑滿谷地做成手機吊飾，好像不將歌迷緊緊套牢，誰曉得哪天歌迷就把妳從吊飾上換成別人了呢？當她把這個抱怨說給女兒聽時，沒想到沙耶加說：「媽，『早安少女組。』的娃娃是流行商品，妳的是民藝品！」

日本女性，其實只有大和撫子和哈根大子。她們只是不瞭解：這個世界上除了名牌和男人之外，到底還有什麼事情是值得安慰的呢？

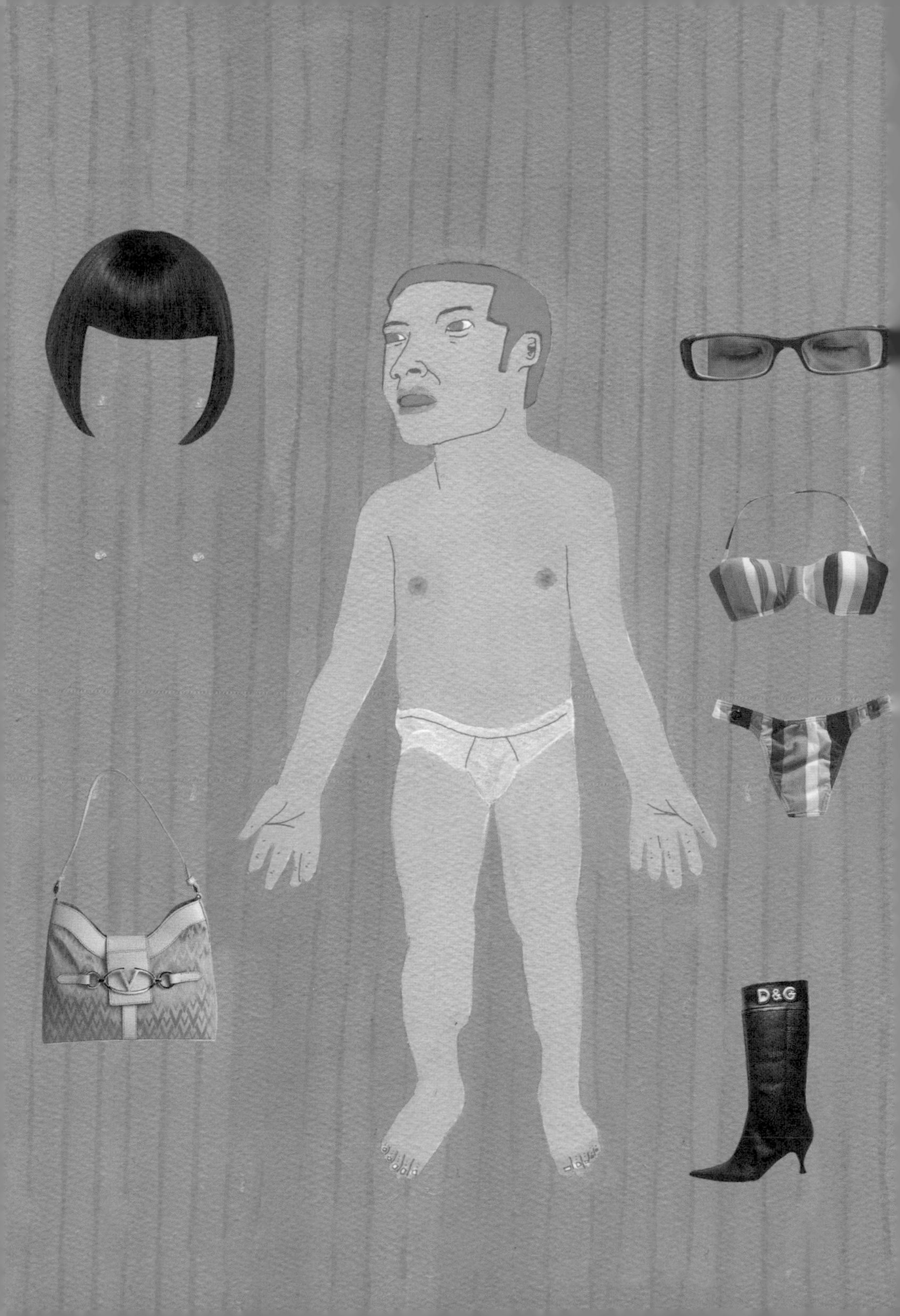
D&G

複合式男人

Multi-Individual Men

當男人，只是當人的百種樂趣的其中一種，不太相信眞有什麼男人每天都在當什麼「新好男人」，可是眞的有朋友把當新好男人視爲人生目標，一直宣揚他和老婆如何地相愛，這是他和大伙耗在夜店時講的話。泡夜店只是因爲廣告公司的應酬需要，所以他並沒有在夜店碰過任何美眉，但在夜店聊天的話題是他如何做料理給老婆吃、如何享受當一個愛妻家時，就會不令我們抓狂也要抓兔子了。眞要當，就當個「複合式男人」吧！以下就是充當複合式男人的經驗談。

·當女人

新交往的朋友第一次來到家中作客，看到牆壁上懸掛著一張空中小姐的照片，那是一張在飛機機長室中拍攝的照片，空姐的倩影和甜笑確實爲這寒傖的內室增色不少；朋友觀詳了照片半天後終於開口：「這張照片是你嗎？」霎時間，我發現照片上的媽媽笑容凍結住了，而我，再也笑不出來。

我無法理直氣壯地解釋：那並不是我；只是無法理解：爲什麼認爲那會是我？

後來，就沒有再跟這位朋友來往，彷佛是喬扮女裝的不可告人秘密被發現後的永不錄用，總之就是再也沒有氣力想要跟這種人聯絡了。也許這個故友現在也像童話故事中的那個可憐理髮師，恨不得到處挖洞，告狀著「國王有對驢耳朵」吧？（現在可能是在網路上挖洞吧）

我是男人，卻爲了一張空中小姐的女裝照片狠狠栽了個跟斗！

．當文人

男人似乎天生就是做文人的命，姑且不論那些青樓煮鶴的陳年歷史，倒是有句話最適合形容「男人就是文人」的天性——自古文人相輕，不正是男人剛愎自大的寫照嗎？

有天喝咖啡時，突然心血來潮，希望喝上幾口白乾，於是央求吧台後的店長拿下久放在高架上的「小糊塗仙」，開封予我飲用，在此聲明，這瓶可不是我寄的酒哦。之後，只見偌大的咖啡館，獨我一人啜飲著「小糊塗仙」白乾，同時看著漫畫《料理仙姬》，盡情享受不羨仙的生活。淺酌杯的白乾不待兩三口就喝乾，連喝了三杯才呼過癮，而漫畫還留著一些篇章，就和餘酒一起寄起來吧！

菊池正太的《料理仙姬》，描繪日本鄉土料亭「一升庵」的世界，這個世界是由大和文化以及老闆娘阿仙所建構出來，食材與料理人、器皿與骨董商、客人與世間事，是一個存在日本卻不知身在何處的虛擬世界，有機會總是要去走訪的。

從咖啡店走出，梅雨最前線剛啓動，已經先走在我的前頭了。趕緊在腋下藏好漫畫，快步走進屋簷下，從一介文人搖身成爲一介路人。

・當假人

以前常在街上看名店櫥窗中的假人，覺得他們是在人類社會中，還保有一絲良好人際關係的互動示範：我凝望著你，而你傾聽。

其實每一陣子就會流行一種假人，就像今天流行R&B偶像、明天流行超級名模，連假人都有它自己的流行。有幾年，櫥窗中的假人都瘦得肋骨畢露，可是穿在身上的衣服也不全是Raf Simons，爲什麼還要瘦成這樣？我無法詢問假人，只能默默關心。後來，假人的頭都消失了，所以他們就不能穿緬甸長頸族婦女的衣服了，為什麼變成這樣？一夕之間全變成無頭公案。最近，假人的肌肉都長出來了，沒有練過至少也有雕塑過，難道他們私底下都兼差健身教練嗎？每次走過去都非常生氣，為什麼嫉妒伸展台的模特兒之外，還要嫉妒假人！

但最近生活忙了，居然連上街看櫥窗假人的時間都沒了，每天只是匆匆經過，不曾停下來駐足觀看，也聽不見傾聽了。

良好的人際互動是否就此斷了？還是我一直都在弄假成眞而已？新一季的櫥窗課程又要開課，新入學的假人即將登場，看來我也要趕快復學，以免喪失和假人聯誼的大好機會了。

・當真人

覆巢之下無完卵，複合之下無完人，原來男人還是要又正又直的才是眞正原型，只是現在上哪裡去找眞男人？別說〈慾望城市〉的凱莉、莎曼珊她們在找，連我都在找哩！

紐約黃昏後。

Night City Shuffles

凱力換下Brooks Brothers的銀質袖釦，趕去參加在上城的派對。

如果要在派對上釣一個約會女伴，他會找個書寫自身慾望的美女Candace Bushnell，也不會找減肥待業中的Bridget Jones。

有一些人屬於紐約，更多人則想屬於紐約。凱力其實只想找到屬於他的床，而不再是心理醫生房間中的長沙發。（英倫病人．紐約沙發？）但是他失望了，今夜在pub找到的那張充氣水床，在脫下Victoria's Secret的胸罩後，他就決定失眠了。

誰征服了中央公園（是水鴨吧），誰征服了百老匯（是觀光護照吧），誰征服了蘇活區（是藥物吧），誰就征服了凱力。（亞歷山大當年爲什麼沒有征服紐約呢？）

但是名人與明星、富豪與貴賓狗、計程車與馬警、觀光客與流浪漢，太多事物的紛陳已不再具有任何作用，只會令人匆匆逃離現場。凱力走在照明達旦的餐廳外面，卻找不到一盞燈火可以落腳。

就像Tiffany的水晶蘋果，紐約也被世人視爲一顆璀燦的大蘋果；是那顆夏娃咬過、充滿禁・慾的蘋果吧。爲什麼是蘋果？對肉體更健康的櫻桃和奇異果的口感都比蘋果味美，果肉也更鮮嫩，但蘋果的外皮始終披著光澤，很難看出裡面到底發生什麼事，忍不住要一撥究竟，看看其中有什麼花樣。這就是紐約和蘋果都不能讓凱力覺得安全的原因，但又何必跟一顆蘋果計較呢！

紐約的夜景是從曼哈頓島上昇，再慢慢沈到一杯馬丁尼酒中，就像那顆杯底的綠橄欖，等待一口啜盡。只有馬丁尼酒，可以測出當紅酒吧的酒保水準，還可測出今晚的一夜情行情。但是不要有太多的調情，如果你還想隔天起床時神清氣爽，應付繁亂的都市節奏，記得爽利一點吧。記得把乾洗的YSL Rive Gauche襯衫早點拿回來，不然明天會議上的無往不利就要失守了。

紐約是凱力和朋友們約定好的許諾之地。但很多朋友來了紐約就迷失其中不再回頭，當然所持的友情也不再回應了，於是紐約被定了「敗德之地」的罪名。紐約是所多瑪城的復建嗎？凱力想到：上次她送來一本滿滿的「Love Parade」遊行照片，是由好幾卷底片拍成，雖然他很努力地尋找照片中的線索，也許是她有在其中，甚至是有他所認識的臉孔，但是光天化日下的嘉年華遊行，就像卡繆《異鄉人》的陽光那般刺眼，令人完全喪失記憶；難道這是她最好的分手禮物？

凱力在紐約沒有很多朋友，但是有很多裝置藝術家和室內設計師的名單，他們守在門房外，等著替你看風水兼看八卦；可是在lounge碰到時，他們只會把自己隱藏在霓虹鏡框和香氳雲霧之中，以致於你會覺得名牌眼鏡架才是他們的裝置作品，吞雲吐霧才是他們的風水。這些生活經驗，慢慢彌補了一夜情、感情和友情的蒸發，而開始在生命中編織出一張安全網，即使從摩天大樓的空中軌道摔下來也不會死。

凱力在Knitting Factory深深地呼了一口氣，發現Cerruti條紋長褲上冒出來的線頭，慢慢抽絲、剝繭起來了。

給愛麗絲
To Alice

我心目中的歷史文本是《愛麗絲夢遊仙境》。

·換個女生的角度來看看吧，童話故事中總有一票亟需被王子拯救的公主，但也有幾部小說創作是女主角出來探索人生的，《綠野仙蹤》的桃樂西是其一，《愛麗絲夢遊仙境》又是其一。整部愛麗絲的小說中，沒有半個王子出現，勉強算得上是男主角的，居然是那隻一路跌跌撞撞的兔子，而紅心國王則是個怕老婆有名無實的幌子；只有兔子和幌子，卻少了王子，所以這部小說的主旨就是：王子其實是兔子，只是男人一直不願意承認而已。

·岩井俊二拍了〈花與愛麗絲〉，一部少女唯美的電影，也是愛麗絲夢遊記的電影。其實一場夢遊仙境只是愛麗絲、兔子和微笑貓三者之間的人際關係。兔子是時間，讓愛麗絲不由自主被牽著走；微笑貓是欲望，始終讓愛麗絲捉摸不定。我想，這應該是作者路易斯凱洛爾對小女孩愛麗絲的愛情寫照吧，因爲愛情就是時間和欲望的綜合體，時間忽快忽慢、欲望若隱若現，而這些夢遊症狀只有在戀人的身上才會出現。當電影中男主角、女主角、女同學三個人在沙灘上找尋Alice撲克牌時，我整個人都征住了，難道他們三人就是愛麗絲、兔子和微笑貓的關係嗎？岩井俊二眞的了解《愛麗絲夢遊仙境》？還是我眞的看懂了《愛麗絲夢遊仙境》？

・關史蒂芬妮（Gwen Stephanie）的新專輯中，我必須說第一單曲比第二單曲好太多了，因爲第一首有愛麗絲，第二首只有哈拉美眉。她在音樂錄影帶中有愛麗絲的裝扮，雖然已經超齡而且還當了人妻，但是看在她設計給少女穿的「L・A・M・B」品牌上，還是原諒她吧。最近美國開始流行日本傳來的「哥羅風」，就是融合哥德和羅莉泰（Gothic & Lolita）的扮裝風。那些日本視覺系的搖滾團體化上白得像死人骨頭的哥德妝、穿上蕾絲蓬裙的少女服，卻在綜藝節目中搞笑，眞令人想鞭屍。

搞笑的事留給微笑貓去做就好了！

・經濟學教授在上課時，居然拿愛麗絲做例子，說她是不務正事，東晃晃西晃晃，完全沒有目標。誰會在夢遊仙境中去計算愛麗絲花的時間和哩程數了？愛麗絲會拿著計算機敲著數字冒險嗎？喜歡她的人當然都是沒有目標的，就像我；有時和瘋狂男爵喝下午茶，有時又去參加紅心女王的大審，一直在這種無目的性的公關中漫遊。老教授不會懂得這些，愛麗絲永遠也不會出現在他的生命中。

・在公仔店一直收集愛麗絲玩偶。老板打電話來，說有一組特地爲我留的。我在十分鐘內趕到，結果看了半天都沒看到愛麗絲公仔呀？老板說：「我以爲你要的是迪士尼公仔。」

並不是所有的愛麗絲公仔都是迪士尼公仔，老板先生和華德迪士尼！

・朋友的玩具工廠送了我兩套海洋堂復刻的愛麗絲公仔。即使在日本，我也只買了其中幾支，所以非常高興。打開後，看見圓滾滾的那對雙胞胎兄弟，正是我一直想要入手的。公司裡有個很喜歡5566的女同事，長得就像雙胞胎兄弟，而且一人的體積就可分飾兩角。我很想把這隻公仔送她，但我不敢。

·在友人家中看到一本愛麗絲畫集，是我沒有發現過的。擁有一樣的書，會讓人以爲擁有彼此，我常常有這種錯覺。所以我總是去查他的書架，看哪些書是彼此都有的，直到發現了這本愛麗絲。他的愛麗絲和我的不一樣，從此，我就很少去了。

冰酒與冷奴

Sake Sucker

我們吃完一場精彩的永康街飯局後，食慾已經完全倒盡，因爲席中阿姐用餐巾紙摺出了一件高叉泳褲，就像他平常在服裝設計打版時的那麼熟練，立刻寸法無差地打出了一件過時的三角泳褲，然後又天外飛來一筆從我的餐盤中把啃淨的豬蹄骨拿了起來，安裝在剛才摺出來的那件泳褲的褲檔上頭露出一截，如泣如訴地說他在游泳池畔怎樣遭到了視覺過時且不堪入目的騷擾；看到現場重建後，我們全部面面相覷，發現剛才自己吃下的豬蹄原來是性器官！

但阿姐更神奇，他不僅還原了現場，當時還有拍照舉證，只見他緩緩從手機中找出圖檔，是從各個角度所拍下的騷擾證據，這下子每個人都正確知道豬骨頭的位置了。

沒有了食慾，卻想要喝點小酒，於是我們走下去，找到一家純日本酒吧。專賣日本酒的酒吧，已經在台北蔚爲流行，可是清一色的地酒向善如水，標明著島根縣、新潟縣、福岡縣等等日本地名，既

熟悉又遙遠，令人又回到農業社會，所見的只有各地出產的稻米品種和灌溉的河水流域，以及士大夫唸過書的漢字命名。這樣子的日本酒吧少了一些lounge bar的裝模作樣，卻也見不到庶民的況味。

店中的男服務生全是身高180以上的年輕帥哥，單跪在桌前聽候我們的點單，我們點了一支芳醇的「瑞鷹」，以台灣人豪飲紅酒的喝法，只見服務生頻頻來斟滿公杯，很快就飲盡了第一瓶清酒。雖然清酒冰清玉潔，但是辛辣濃厚的話題絲毫沒有因此被沖淡，有人開始學起瑞妮齊薇格在〈冷山〉（Cold Mountain）的村婦口音，朗讀起了英文，而我只會比爾莫瑞在〈愛情，不用翻譯〉（Lost in Translation）中，酷酷地拿著山多利（Suntory）威士忌的模樣。

隨著清酒附贈的小菜只有牛蒡絲，於是另外點了鰻魚蛋捲，當我挾起包著鰻魚夾心的金黃蛋捲時，忍不住問了說：依照中國農民曆上的說法，比如說螃蟹配柿子、鰻魚配酸梅，這些組合都是會毒發的食物，那我們的小菜鰻魚配蛋會不會也發作呢？不知道是因爲喝米酒的關係，農民話題和客家話頓時成了最開胃的笑料。

後來見到一位很有媽媽桑貫祿（威嚴福態的風貌）的中年婦人進進出出，還不時帶著其他客人進門，才知道是老板娘來了，向服務生打聽之下，這一條短短的街上，有三家老板娘經營的酒吧，而且風格完全迥異，難怪她要不時穿梭在幾家店中招呼客人，而且客人要續攤時再帶去另外一家自己的店。

這種景況只有在銀座才看到過，高級俱樂部的媽媽桑同時擁有幾家店，來來回回招呼不同族群的客人卻又相處融洽。她坐下來說這家店的吧檯太矮，高個子服務生全都要劈著腿工作，另一家店則又太高，矮個子的服務生連要遞酒過吧檯都要墊高身子；那為什麼不把兩家店的服務生對調呢？媽媽桑果然是個神祕奧妙的職業。

當第二瓶清酒上桌時，小菜也換了，是柴魚冰豆腐；這在日文漢字寫作「冷奴」，我忍不住拿來士大夫說嘴。大家聽了嘖嘖稱奇，因為這一瓶酒名叫「女泣」，現在又來了個「冷奴」，我們有如來到一個哭殺的世界，而且這瓶「女泣」還是帥服務生大力推薦的，我們不囉嗦就點了，看來他要讓女人哭泣似乎不用費太大的工夫吧，更何況稍早前阿姐才如泣如訴過。

冰酒配冷奴，隱約有女人的啜泣，這樣的東京，我從來沒有去過，這裡到底是哪裡？

西部與腰部

Go-Go West

講到「西部」，免不了令人聯想到八〇年代的美國名團「村民合唱團Village People」所唱的〈Go West〉，雖然他們像是一群扭腰擺脣的Go-Go Boys，但是雄壯的歌聲確實讓人興起黃沙滾滾的血脈沸騰，也想馳騁在馬背上跟著扭腰擺脣起來。

對不起，爲什麼要一直扭腰擺脣？因爲我現在對西部牛仔的印象已經完全被凱莉米洛Kylie Minogue洗腦了，腦海裡只有她在MV中騎在電動鞍馬上盡情扭腰擺脣的火熱畫面，那種火辣勁樣即使西部大佬約翰韋恩John Wayne看了，也會死而復生再起雄風的；如果生命自會找到它的出口，我彷彿看到那個出口就在凱莉米洛的嘴巴！我不只被她洗腦、好像也被她洗髓，得到男性的快感了。（當然瑪丹娜Madonna也有在電動馬上搖擺過，但就是沒有凱莉搖得人馬盡歡）

總之，現在的我無法再想像一個純正無雜質的西部英雄世界，恕我不是克林伊斯威特Clint Eastwood，

實在無法要酷地讓惡人血濺五步，將他就地正法。但這樣子寫並不表示我不緬懷那個充滿著絕對善惡、絕對兩性的西部世界，如果可以活得那麼「絕」，那我想事情一定都是「對」的。（看到壞人就可殺無赦，看見美女就能硬上弓，還有什麼事情會是錯的呢，哈哈）

雖然要寫的主題是「西部」，一定有很多讀者和業界的好事之徒在盤算著：這個傢伙的文章八成又要取名「西部與鼠谿部」之類的不雅名稱；但是錯了，我畢竟也是會人格養成的，本來確實有發想過這個名稱，但最後還是決定叫「西部與腰部」，怎麼樣，料想不到了吧！

・「西城故事」續集

〈西城故事West Side Story〉是美國1957年的經典名作，其實講起「西部」，我真正聯想的是這個發生在西城的故事。一群青春精力無處發洩的青年，每天就是幫派械鬥和跳舞泡馬，最後終以悲劇收場；但是作曲家伯恩斯坦Leonard Bernstein和作詞者史蒂芬桑海姆Stephen Sondheim的用情至深創作，卻昇華了這個看似「西街少年」的小人物故事，所以每當劇中唱到〈Somewhere〉這首歌，垂死的男女主角在憧憬著一個至美至善的桃花源時，我都忍不住說「帶我走吧」。聽起來這首歌倒是頗適合末日教派來當做教歌，就是因爲對現世不滿，才要帶我們走的吧！

因爲West Side Story，我又想到了「Waist Side Story」；雖然它並不感人，卻也是一個跟消磨青春精力有關的故事。以前年輕時，因爲不諳人性又不懂水性，意思就是不善與人交際又不愛運動，所以青春精力無處發洩，後來終於在喝酒上找到了一條捷徑，只要把一瓶一瓶的烈酒蠻幹光，似乎就可把全身無窮的精力揮發一空。幾年下來，本來玉樹臨風的身型終於變身成蜉蝣不可撼動的巨木，腰圍也從32吋暴增至37吋，如果移花可以接木的話，那眞的是把貴乃花（日本相撲大綱）的身材移接到了我這棵巨木身上了。

有好長的一段時間，我都在扮演著這齣「Waist Side Story」的男主角，而且還是獨腳戲，一直應徵不到女主角，我只好唱著獨幕詠歎〈Somewhere〉，相信總有一個地方可以容納得下我（的身材），總有一個地方可以讓我過得快樂（其實胖的人比較會取悅別人）。

當然各位現在見到的我，已經是又回復到32吋蠻腰的玉樹臨風的我，而且還略低於32吋了。至此，我發明了一句經典名言，每個人聽了之後都恨得磨拳擦掌：「我買衣服的速度還比不上變瘦的速度。」這句話應該比那些不痛不癢的百貨公司文案，什麼「一年買兩件衣服是道德的。」來得有強烈殺傷力吧，因爲發胖的身材才是不道德的！

於是大家開始竊竊私語到底我是用了什麼方法瘦身的？可能是減肥藥、也可能是斷食、甚至是專人指導；其實這些都不用，只要把運動找回來就好了（在把愛找回來之前）。我開始養成了每天運動的生活習慣，而且不只耽溺於單項運動，從激烈的飛輪在天、肢體變態的水中有氧、勞民傷財的馬拉松路跑、密室殺人的大樓登高，甚至狂風暴雨的林道溯溪，全部照單全收，而且還重度上癮，短短的一年間，腰圍就大爲減縮，雖然我們的年輪會增加，但不見得腰圍也要隨之變粗吧，違反自然法則還是有其必要的，畢竟這是人類的特權啊。

如今最讓我高興的，不僅是不用再獨演「Waist Side Story」，而且還完成了一個宏願；就像Chanel設計師卡爾拉格斐Karl Largerfeld是爲了穿下Dior Homme的襯衫才拋去龐大體重，我也可以穿得下夢寐以求的西部牛仔褲了。但這件牛仔褲並不是什麼名牌貨，只是牛仔們罩在牛仔工作褲外面的那件縷空下檔褲而已。

開發浩瀚的西部沙漠是一項挑戰，總有橫越不了的大西部，也總有靈魂泳渡不了的傷膝河，但絕沒有拋不去的體重，在此以兩句話語來勉勵大家吧！

「勇氣就是怕得要死而仍然上好馬鞍。」——約翰韋恩

「時尚就是窮得要死而仍然上好裝扮。」——錢亞東

時代狂人
Freak Times

這是一個狂人時代，雖然少了希特勒、墨索里尼等軍事狂人，但依然存在著各種狂人。最近的書市被沙德侯爵的《索多瑪120天》君臨，舉凡孌童背德等情節昭然若揭，當侯爵再臨人心，色情狂的復辟指日可待。也有購物狂，這些人穿的鞋只走動在時尚名店街上，卻擁有幾個鞋櫃的傢伙，如果不是前輩子是蜈蚣，爲何需要那麼多的鞋子呢？這樣的狂人數目卻還一直增加，而且不須要透過徵兵制，就會自動報名加入，這些時尚男女皆以充軍爲樂，彷彿時尚國度會因爲他們的瘋狂購物行爲而授予紫心動章，殊不知他們只是時尚炮灰而已。另外還有車狂，自從福特發明汽車動力、〈頭文字D〉發明甩尾之後，似乎就將男人導入了一個機械的非理性世界，如果說人類眞有機械公敵的話，應該就是車子吧？看到車狂對汽車完全臣服的模樣，常會讓我想起開著藍寶堅尼跑車的160公分男人就像拿破崙征服歐洲，他們都是一個樣。

但是運動狂呢？怎麼沒有人出來認了？高尚一點的，我們說是「運動家」；職業的，叫做「運動員」或是參加比賽的「運動選手」，卻沒聽人說過自己是「運動狂」這個稱號，美其名也只有「運動上癮症」而已。其實講到狂人，運動應該是最有資格成爲狂人的象徵。因爲它眞要苦其心志，勞其肉體，又要憑藉器利場地之便，甚至是動員國力來完成。以前舊蘇聯和東德共產國家在培訓選手時，眞的是拿著貧窮人民的血汗錢砸在這些年輕人身上，只爲了讓他們出征替國爭光，所以當選手們在體育室做重量訓練時，其實是巨大的國家機器在訓練著他們。

但我更喜歡「運動狂」這個名詞，日本有部漫畫《野球狂之詩》，因爲野球是日本的國民運動，因此有「野球狂」這種狂人的誕生。但棒球畢竟不是運動的全部，應該要制霸更多的運動項目，從田到徑、從地對空、從山到海、從籃球三對三到鐵人三項，這種全面的人才是標準的運動狂。

其實我想成爲一個運動狂，來彌補年輕時運動不精的慘澹歲月，曾經在高中時被體育老師叫去訓話，問我到底會不會跑步？（其實我只是配速錯誤，三千公尺到了最後五十公尺才開始快跑）這彷彿是小學時級任導師來做家庭訪問，對我爸媽說：「你兒子到底會不會掃地？」的同樣事件翻版。有過這樣的心結，卻在多年後讓我踏上運動的征途，想要在這條不歸路上大有斬獲。有的朋友很會衝浪，因爲他住美國加州；有的朋友很會滑雪，因爲他住日本長野；但我住台北，也想要精通這些運動，即使不靠任何地緣關係。

這就是一種野心，足以構成當個狂人的基本要素。對事物不具企圖心的人，不見得對運動就沒有雄心壯志。像最近迷上的階梯有氧運動，對一個門外漢來說，這還眞是一個繁複花俏的運動，很像是羅馬尼亞的小妖精柯嫚尼絲在平衡木上表演十分滿分的動作。剛開始幾堂課幾乎只有罰站的份，完全跟不上課堂進度，於是就問教練可否請個人指導來加強進度呢？她聽了之後瞪大眼睛，因爲有人請游泳指導、有人請重量訓練指導，怎麼會有人想請有氧課程的個人指導呢？但我不死心地追問，可否讓我在短時間內超越進度，而不是一次又一次地愣在當場罰站？後來教練和我都放棄了，我仍是乖乖地每堂都去上課罰站，而教練也認清了我的學習障礙。但是做爲運動狂人，我似乎佔了上風。

另外，我在遙遠汐止上班的辦公大樓中庭，居然建有一座對外開放的冰宮場。每天都會從冷得發抖的冰宮場外經過，於是讓我動念想要添購一套冰上曲棍球的裝備，想像自己馳騁在雪白的冰池上。

但是從頭盔到護甲到冰鞋，算算也要一萬多台幣，只是爲了讓自己一展雄風的英姿，但我卻連ESPN的曲棍球轉播都沒有看過。但是狂人因子作祟時，驅使我很想再度向一個全然陌生的領域挑戰。

可能我也是個狂人希特勒，只想要窮兵黷武，好大喜功地征服一切事物，到頭來卻落得一身罪名，但起碼比落得一身贅肉好吧！

瘦身機器人

Skinny Robot

少年時代很愛看金庸小說，常幻想自己是桀傲的楊過、機黠的令狐沖、甚至是倜儻的段譽，再不成就當個任性的魔教公主任盈盈也是很風光的；總之內在的我活脫就是金庸筆下不世出的男主角。結果年過三十後，眞地變成了金庸筆下的人物，而且一人分飾兩角，就是《倚天屠龍記》中的胖瘦頭陀！

胖頭陀其實很瘦，瘦頭陀本來很胖；這不就是胖子想要瘦身，而瘦子想要健身的寫照嗎？一路從九十、八十，終於站上七字頭，好不容易從胖頭陀變瘦的我，現在又開始想要將身材練得精實健壯，這箇中所耗的心機絕對不下於蒙古郡主趙敏惡整六大門派所費下的工夫，看來我又可以在金庸小說中多出飾一角了。

於是我瘋狂踏破健身房，從世貿到內湖到火車站，更甚者還有中午在對岸的上海新天地踩飛輪、晚上又回到台北健身的瘋狂事蹟。哪裡有名師授課就往哪裡去，很想在一日之內蓋滿五家分店的公司

章，換得一身的紀念品。（結果只換來小塊肌肉和拉傷）

健身房雖大，但已容不下我，於是開始往外出征，參加自行車爬坡賽、馬拉松路跑賽和大樓登高賽，還四處打聽何時會有鐵人三項的比賽，人在三十歲後還有許多事是第一次經驗，眞讓我有處女回春的快感。

這般瘋狂的行徑，終於招致了眾人的非議：「你爲什麼要這麼勤勞地瘦身？戀愛了嗎？」、「嗯，有人說下午時看見你蹺班出現在健身房裡耶。」、「你最近又變瘦了，是不是生病了？」請問我現在是有在主持call-in節目嗎？爲什麼每個人都要擠進來發表意見才甘休呀！（要是我不學著掛斷電話，觀眾的意見還會無止無盡地發表下去）

然後連健身房的業務人員都call-in進來了，請我一定要介紹其他朋友們也來參加，一時之間，瘦身讓我享受到了每個人都會成名十五分鐘的成就感，各路親朋好友全部都擠到身邊來，對你捏個膀子還是捏個大腿，彷彿我是一塊上等的花肉。怪不得現在大家會像下餃子般地一個一個擠到健身房來個大鍋煮；煮得光鮮亮麗的，自然美味可口等待享用，煮得皮開肉綻的，也可放在一邊涼著招來關心。

上健身房有時眞是一場夢魘，因爲太多人把健身器材拿來公器私用，每次在健身房中等待器具都要排上一陣子，身體沒練好，倒是把目光練得又狠又準，恨不得一瞪就把巴著器材不放的人撂倒。更不能忍讓的，就是一邊踩車一邊握手機的人，可不可以在「禁菸區」之外再增設「非話區」，把這些貧舌的人全部隔離到拔舌地獄去。哦，最好再增設一個「晾衣區」，因爲太多人喜歡把毛巾放在器具上佔位子，你是隔壁家的歐巴桑嗎？總之，在健身房中很快就會歸類出十種你不想共處一室的人，例如：「把有氧戰鬥當成紅頂藝人秀在跳的」（雖然我沒有付錢買票，但我也不想看）、「對大肌肉有肌渴症，每跳完一段立刻喝一口高蛋白激素的」、「成群結隊逛人肉市場的加味姑嫂」、「關更衣櫃門像蓋棺一樣霹靂大聲的」、「雙腳絕不落地一路踩著白浴巾像達摩一葉渡江的」、「身爲公眾名人還惟恐天下不知到處無孔不入的」、「在熱水池和小男孩聊天嘻哈的老伯伯，卻不是他的爸爸」；如此廣結（紮）善緣下來，看誰都不順眼，最後落得只能包場申請個人專用了。

「瘦身」和「健身」其實有很大的差別，瘦身是屬於心理層面、健身則是生理層面，但兩者都永無止盡，至死方休。別人的一句讚美所引起的動力還不及當你看到旁邊的人可以舉起100磅來得令人妒火中燒。於是脂肪熊熊燃燒，內心卻是暗潮洶湧，每天處在這種水深火熱的煎熬下，不瘦也難。

日本藝人Gackt替瘦身美容中心「高乃友梨」拍了一系列全裸的廣告，他的身材被譽爲是史上最完美的肉體，平整的肩鎖骨、結塊的腹肌、精實的軀幹、無贅的體脂，再加上中性的美貌，這應該就是瘦身者亟欲追求的終極目標，讓自己成爲Androgynous（雌雄同體）的機器人吧！

在海灘犬馬的一日

Doggy & Horny

那一天課後，跟健身教練聊天，詢問他剛從國外受訓回來的心得，他說在邁阿密，簡直就是一個健身天堂，更是健身食品的天堂，每一個人都是壯男猛女，而且還不只叔叔阿姨有練過，連狗都有練過，他們吃健身食品就像我們在吃王子麵一樣，所以每一個人看起來都是前凸後翹。在台灣，通常吃肌肉增壯劑的人，那你八成是金剛芭比（芭比只有兩種：芭比娃娃和金剛芭比娃娃）；如果吃大力丸，那你八成會變成性無能。這種心理負擔似乎減低了效用，吃了半天也不見前凸後翹。說到這裡，教練環顧了一圈健身房，「這裡沒有一個人的身材比得上那邊的。」天啊，連我們的金剛芭比都比不上美國的芭比啊！

美國邁阿密和日本湘南，似乎有些人就是只活在這種氣候和這處海岸，他們好整以暇地衝浪、他們全年無休地日曬、他們終日無所適事地釣人，而我們這些只能好整以暇開會、全年無休加班、下了班就無所適事的人，卻還要封給他們一個稱號：「海灘男孩」，來表達對這個形象的尊崇；意思就是海灘是賜給這些男孩們的領地，白領菁英你們就只能在都市叢林裡稱王罷了。從什麼時候開始，白領菁英已經從海岸線完全上陸，而海灘男孩變成還停留在水陸兩棲這種未進化的人種呢？

但是海灘男孩的這種人生也沒聽過會造成臭氧層破裂或是華爾街股市崩盤的地球文明危機出現，畢竟，在海灘所出現的人事物，通常都會讓世界變得更美好的；大白鯊和水母除外。

雖然沒有去參加邁阿密的健身集中營，也沒有在湘南開著頭文字車，但是對於變身「海灘男孩」這檔事，每個人還是若有似無地加速過這麼一兩次吧。我則是在某年夏天的金山外海變身了兩次，一次是和米格魯獵犬，一次是和黃金獵犬。

那次朋友邀我去金山外海泛舟，雖然我連在陸上開車都會暈車了，還是勉強答應和他們出發去外海一遊，而且此行還附有教練教學，正好符合我愛上課的個性。這個課程分成單人和雙人輕艇，我就先挑了一艘雙人座船，臨時找了個同舟共濟的船伴就一起划出海面。此時，在海面上已經有隻米格魯犬正活躍地在單人輕艇上乘風破浪了，而且完全不像是生手的樣子，於是我決定不落狗後，也來划個單人艇出海較勁，結果，不諳水性和海潮的我，立刻就隨波逐流，很像是被放生的水燈離海岸線越來越遠，最後還得勞動教練出海來把我帶回去，那隻米格魯八成在岸上嘶嘶竊笑了吧！之後，筋疲力盡的我只能在岸上追著米格魯的尾巴玩，再也不想飽受風波之苦了。

第二次擔任海灘男孩則是坐上朋友的箱型車，載著他的黃金獵犬去金山海岸郊遊，抵達之後朋友說他其實要來當地的馬場練騎術的，所以就把愛犬交給了我去遛躂。在海灘不用幫任何人抹防曬油、也不用穿著泳裝奔跑，對我而言眞是如釋重負，於是就和黃金獵犬盡情在沙灘上追逐，享受著瓊瑤筆下的男女主角樂趣。後來，當我牽狗去看朋友繞著馬場跑道一圈又一圈地騎乘時，才發現我們兩個人都是受制於犬馬，看來威風凜凜的他和看來快意奔放的我，沒有了犬馬，其實什麼都不是。但是擁有了「犬馬」，「聲色」又夫復何求呢？

說到海灘男孩，通常就會立刻浮現衝浪，有一個朋友專門從加州批發衝浪用品回來台灣發賣，墾丁海邊的用品店幾乎都是他的走私地盤，每次他都拖著兩大行李箱的上等貨回國，然後在飯店房間一字擺開，很像是走私鑽石的珠寶商等著買家上門來一一驗貨。而且這個朋友只要每跑單幫一次，就可以賺夠一筆高枕無憂的假期生活費，然後再每天去衝浪，令我這種完全不懂旁門生財之道的人看得猛嚥口水，因爲海灘不只讓他生財，更讓他生香，他因爲衝浪所獵艷到的女孩不知凡幾，卻也擊沈了很多顆蘿絲的海洋之心。

但畢竟不是每個男人都可以擺脫腰腹間的那一大坨游泳圈，搖身一變成有衝浪板平肚的海灘男孩，於是有人立志成爲搜購海邊旅館的海灘大亨，我則識相地選擇在室內游泳池當個「水男孩」（water boy）。在水池中做一些單純的有氧體操，和一起上課的歐巴桑們牽起友誼的小手，感受一下當海灘猛男的虛榮樂趣。但這些歐巴桑的體積應該都不下於八十公斤，好像是在跟一群白海豚上課，所以我的下一個工作也許會去海洋公園當海豚飼育員吧。

近年在日本非常流行的「水男孩」，就是男生的水上芭蕾運動，要陽剛的大男生在水中伸展肢體擺起各種隊型，比起要大男生扮成女裝還更引人遐思，所以「水男孩」所造成的性別運動風潮，絲毫不亞於泰國的「人妖打排球」哦，只是不用化妝下水就是了。對於海上運動並不是強項的我，水男孩似乎是唯一的出路，即使被冠上異色眼光，還是樂於當個破水而出的「落水男孩」。

海神波塞頓出巡的隊列前驅總是萬馬奔騰，層層的波浪捲起千堆白蹄，這種海天一色、追逐犬馬的生活，應該不只是海灘男孩才能享有的專利，只是大多數男人太依賴風浪板和休旅車，以爲自己如果沒有具備洗衣板般的腹肌，至少一定要有這些酷裝備來炫耀。但是這些又關夕陽何事了？反正我們都是從海洋滾上岸來的，總有一天，也會回歸海洋的吧！

那些娘兒們教我的蠢事

Sissy and Silly Things

・逐草原而居

水濱送葬的黑衣行列，風中翻飛的白床單，永遠綠色偏光的迷濛，安哲羅普洛斯是我們的最愛。但朋友把Eleni Karaindrou的〈悲傷草原〉音樂存進i-Pod裡，隨身帶著這片草原移動，這件逐水草而居的事讓我異常震怒，怎麼可以用高科技產品污染了這片純淨的草原呢？而且i-Pod廣告中舞動的黑色人影，看起來像是在聽〈悲傷草原〉的人嗎？

我比IFPI反盜的決心還風行厲徹，要求朋友立刻將這首音樂從i-Pod消掉。

・落井下石

有個朋友愛上日本，他問我坂口憲一（其實是坂口憲二）、妻夫木聰的事時都還可以忍受，但當他說自己最喜歡的歌手是「平口堅」時，我的耐性再也無法持平，爆發出來：「是平井堅啦，你幹嘛把『井』多出來的線頭都去掉了！」他才恍然大悟，一直喃喃自語當場改正。可是隔幾分鐘後，當他又在說「有一次日本人抓到平口堅的電腦桌布居然是坂口憲一」時，我眞的放棄了；連自己最愛歌手的名字都一錯再錯，要求這個世界和平的一天應該永遠不會到來吧。

，辦桌

看表演前，我們先去音樂廳底下的速食店買飲料，這時櫃檯前的人群已經排成一列，只好耐心等待。過了一會兒，發現隊伍始終沒有前進，忍不住看了點餐檯到底是怎麼回事。只見一名中年婦人在點餐，而且一直追問著各種餐點，大約五、六分鐘後終於結帳，我火大了，「是怎樣，來這邊辦桌的啊！」結果這時，她居然開始點起了冰櫃中的甜點。

她的後腦勺髮捲上盤著一根銀髻，我很想越過隊伍直接衝向前，拔下髮髻一把刺下去。這是排了十分鐘的隊、離開演只剩下五分鐘前的事情，我們都放棄要點咖啡了，如果只為了一名婦人和一杯咖啡而錯過表演、錯過人生，這樣的世道應該是不存在的吧。

·畫素

美女作家在大廳看見了我，突然衝過來說要和我合照，大廳進出的人來人往，而且個個都是熟面孔，我只好靦腆答應了。她叫隨行的男伴拿著照相手機幫我們合照，應該是一次可以搞定的事，可是美女看了照片之後大呼不行，要再重拍一次。我當然說好啊，於是又拍了第二次第三次，還是沒有好。這時，他的男伴說話了，「三十萬的畫素，不然妳要怎樣！」他的表情凝固，至少低於十萬畫素。結果，拍到第六次，美女作家說：「先把這張留起來好了。」才結束這場合拍事件。

如果遺照出來時，請幫我沖洗成五百萬畫素的。

·私奔

朋友的雪納瑞母狗和我的米格魯公狗很對味，每次只要小公狗看到她都會很興奮，一直要衝過去，可是母狗只對人和食物有興趣，不太搭理牠。

於是我們常約會，爲了讓狗兒們碰面。但狗的性格已經根深蒂固，連人都可轉性的事居然絲毫不見改善。

幾個月後，朋友說雪納瑞突然過世，前天晚上還在家裡翻垃圾筒，隔天就暴斃了。米格魯當然不知道牠的女伴不見了，但是當我在公園遛牠時，牠居然狂奔出公園外面，在馬路上消失了。

我想，牠們去私奔了吧。

於是，我和朋友都仍繼續單身。

有錢人三項

Athletics For Rich Men

非假日的非典型午后，我們開著車子在高速公路上奔馳。是輛Lexus2400的最新休旅車，就像是乘坐一輛旗艦型的坦克；有點後悔沒有把「紫電改」的軍裝夾克穿出來，不然，至少車上音響也要播放Beastle的〈花椒軍曹〉才對。在某處南下路段，看到旁邊的聯結車上運載著五輛與我們同款的新車正要出貨，一時之間，艷陽下有六輛坦克車在競速奔馳，淺綠、藍寶相繼爭奇鬥艷，這或是另一場美伊戰爭的前哨戰吧。

高速公路上的飛車馳騁讓我想到：其實現代運動並沒有比古羅馬時代高明（或文明）到哪裡去，仍然停留在「炫器」的層次，而不是眞正的「炫技」。

〈賓漢〉中的古羅馬賽車競技，比的是車堅炮利、駕馭者的體面威武，古風如此傳承至今，運動也越來越時髦、運動員越來越時尚。〈賓漢〉奪下了十座奧斯卡小金人給予現代運動的啓示，應該就是運動競技是靠金錢和勢力建構起來的，而不是運動精神吧。所以Louis Vuitton盃的大西洋帆船競賽（搞得大企業傾家蕩產之甚者莫過於此）、F1的法拉利車隊（各位還記得舒馬赫的不戰而勝是多麼違反運動家精神吧）、還有空前絕後的零式特攻隊的自殺攻擊（雖然不是比賽，卻是直接拿錢來砸的代表者），這些應該就是展現搶錢和強權的現代競技前三名。

不過，最近我發現一個很符合現代人的時髦運動，就是「鐵人三項」（Triathlon）。鐵人三項包括馬拉松、游泳、自行車，如果今後再加上滑翔翼，就可以制霸陸海空全方位了。我一直很欣羡參賽者可以穿著萊卡緊身泳衣，大搖大擺地在公路上行進，既時髦又smart；而健身房的同學正好說他要報名花蓮鯉魚潭的鐵人三項比賽，我聽了也很想跟進，但是一詢問後，報名費是2000元、前往花蓮的車資加上留宿一晚的旅費至少3000元、然後還要加上運送自行車的費用，前後合算一下花費將近上萬元，只是因爲想去參加一個現代人的時髦運動而已，就要拿著一萬塊去繳學費（說不定我還是成績最殿後的那個人），於是我嘆息地說：這不是「鐵人三項」，而是「有錢人三項」！

當然，一萬元和前列三項（不是前列腺的三項哦）動輒花費上億元的比賽實在不算什麼，但那些都是企業組隊、甚至國家團隊的參賽模式，和我們這種升斗小民自己發願的報名參加完全是兩回事，對大企業而言，一億元或許不算什麼，但對我而言，一萬元還眞是削肉還父削骨還母的椎心之痛；所以，到現在我都還沒有報名鐵人三項，因爲畢竟我不是有錢人啊！

上週末，因爲私事回去南部家鄉一趟，在舅舅家中的客廳牆上，居然懸掛著一張他參加鐵人三項的現場照片，旁邊還站著一個英挺的年輕男孩，我心中百般好奇，就開口問道：「舅舅，旁邊這個是你最小的兒子嗎？（雖然算是我的表弟，但也十幾年沒見過面了）」只見舅舅得意洋洋地說：「這是我的忘年之交，專門陪我參加鐵人三項的。」「那他是你的隨身教練嗎？來訓練舅舅的體力的囉？」我更好奇地問道。「才不是，我的體力很好，他是要靠我載他開車去參加比賽的。」舅舅參加的鐵人三項在南投日月潭舉行，如果住宿在一晚一萬元的涵碧樓，天啊，果然又是一個有錢人三項的運動！

以舅舅在當地的身分名望，的確是個有錢人，於是我就沒有再問這個忘年之交和他的關係了。倒是我開始決定努力存錢，準備報名下一次的鐵人三項，因爲我的年紀也大了，也想交個忘年之交。

早慧的搖滾・晚熟的迷

Rock Me A-men

・涅盤還是孽盤？

很喜歡日本新宿搖滾女王椎名林檎的一句歌詞：只因你不是寇本，我也不是寇特妮。（出自歌曲〈束縛〉）歌中講的當然是「超脫Nirvana」名團的主唱Kurt Cobain與老婆Coutney Love之間的愛與死，她是女巫，謀殺了老公、謀殺了搖滾、也謀殺了樂迷。

搖滾樂可以稱爲「鬼畜之樂」，唱的人像厲鬼般嘶吼，聽的人則像畜生般冥頑，但在鬼畜共鳴的那一剎那，卻是那麼祥和美好，這大概不是在史卡拉歌劇院正襟危坐聆聽〈波希米亞人〉時，所能滴下的感動吧！

講到鬼畜的代表，不是日本作家團鬼六，而是宮崎駿〈神隱少女〉中的那對爸與媽，其實那般貪婪狂嗜的肥豬癡態，人皆有之，不懂爲何只出現在爸與媽身上，難怪另一部美國卡通〈雞與牛〉中的爸與媽永遠都看不見上半身，因爲上半身早已跟神隱少女的爸媽一起在供桌上狂吃猛啃了。

在此節錄一段來自地球紀行的攝影師手記，很有曠日廢時的搖滾況味，非常耐人尋味：

受制於他人法則的叫做「家畜之豬」，
不具自己原則的人叫做「快樂之豬」；
不論何者，我都討厭豬。

（高橋步《Love & Free》）

搖滾樂確實讓人早熟，過多的美女、過剩的名利、過量的藥物及過不去的死亡，當人生提早熟成時，而生命卻已不堪負荷。當我看見搖滾的愛死、爸媽的癡態，開始懂得爲什麼瘋迷搖滾樂的人，免不了會患有中年危機的症狀了……

・拉榭思墓園的成名在望

搖滾巨星躺下來了，這次不是躺在他的女人身邊，而是躺在「拉榭思神父墓園」。雖然仍有許多自願的追隨者，但墓園中撿喪的仍只有巨星的孤獨身影。

巴黎的拉榭思神父墓園中，「Doors」的主唱Jim Morrison絕對不會是空前絕後的第一人，只是他的身影太惹人憑悼了；聽說台灣高鐵董事長殷琪非常迷戀吉姆莫里森，你不覺得殷琪長得就很像梅格萊恩嗎？而梅格正是奧立佛史東那部〈Doors〉自傳電影的女主角。當她穿著黑皮革裝、拎著紅酒瓶直飛巴黎，來到吉姆莫里森的墓前飲醉，而她迷戀的男人面容就沈睡在其下，名女人突然讓墓園有了生氣起來，哦，我說的是殷琪，不是梅格萊恩。

也有一部電影〈成名在望〉（Almost Famous）講那些追星族女孩（groupies）的慾望，她們追逐著巡迴演唱的搖滾樂團，並帶給這些樂手靈肉上的喜樂。我很喜歡這部電影的附加主題，想要把這個主題C.C.給每一個人：成名在望，青春無望。

搖滾樂和黑膠唱片，的確是青春年代的象徵，而青春就在那一圈圈旋轉的無底黑洞中消聲匿跡，即使後來的CD光碟出現，卻覺得青春好像鍍上福馬林液的閃卡，雖然保存狀態良好，可是變成了半妖，而不成人形了。

有部電影正可爲半妖狀態的青春劃下休止符，〈搖滾芭比〉（Hedwig and the Angry inch）這部片是東德的扮裝皇后的音樂自傳，華麗的搖滾和柏林圍牆主宰了性別的一切，如今柏林圍牆垮了，可是她卻還留著變性前的一吋，而這一吋光陰，卻不是一寸金啊！

愛人的一千零一夜情

1000 Plus One Night Stand

見證愛情的到底是什麼？纏繞三生三世的記憶？還是應證不滅定律的靈魂？

從下午兩點看到午夜十二點才散戲的表演工作坊〈如夢之夢〉，就是個纏繞的記憶，只因爲前世的糾葛，直到現世還繼續吐絲自縛，這樣子的愛情，的確是個老靈魂。

但應該都不是，我覺得是肉體；松田聖子的牙齒、梵谷的耳朵，因爲愛情自古就是「口．耳相傳」的一種傳承。

幾年前，日本「媽媽玉女」松田聖子在二十世紀收尾前，硬是把當時最大條的木村拓哉結婚消息給強壓下去，宣佈了她要離婚；在一個世紀結束前想把不好的人．事．物全換掉的此種心態，絕對可以令人理解（如果可以，誰把這個寂寞又美好的星球也換掉吧），於是她換掉了才結縭沒幾年的富有牙醫老公、順帶換掉了沒什麼搞頭的婚姻、還連帶賺到了換掉她的幾顆爛牙。如果他們眞的有過愛情，

想必遺留下來的也只有聖子的那一口編貝吧。

但牙齒畢竟是可更換的，談一場再傷人的戀愛也傷不過女人懷胎十月時脫鈣掉牙的永久性傷害。爛了牙，至多再找另一個牙醫來著床就好。我覺得聖子是對的，犯不著爲了一口美齒而維持一場婚姻。

但牙齒畢竟也有32顆，一顆顆琢磨下來，愛戀關係還可維持長久一些，如果是耳朵就那麼兩只，「執子之耳、與子偕老」更顯得不能解脫愛情的我執。如此比較下來，聖子選擇的永遠都是喜劇收場，梵谷則做了悲劇的選項。

畫家梵谷在瘋狂時終於手刃耳朵，並且還畫了包紮繃帶的自畫像，聽說他是想要把耳朵送給愛戀的那個妓女，但只驚動了麥田中的群鴉，並沒有令意中人驚喜。詆毀自己的五官彷彿是凌辱愛情的面容，因爲不再相信愛情的樣貌，抑或覺得愛情的神聖令人自瀆，於是只好自殘形穢。

不能再往下寫了，因爲再寫下去，大島渚的〈感官世界〉就要浮上檯面；那個一刀割下情人信物／性物來招搖過市的女人阿部定，那樣的愛情怎樣也無福消受。

常說人只有一半的靈魂，彼此找到才會形成完整的靈魂；難道就沒有一個完整靈魂的個體嗎？這樣對於那些形單影隻的人不是太殘忍了？我們都說沒有愛情的人是off的自由狀態，想想眞是好笑，

ONS（One Night Stand一夜情）的英文縮寫似乎是爲了嘲諷這些單身的人而設，因爲off／所以ons。即使每天一直開與關，還是沒有點亮愛情。

總覺得愛情只是微星的燈火，瞬間爆發成一夜情的煙火、還是慢熱成一千零一夜情的燭光，跟靈魂的完整眞的有關係嗎？

愛人，穿過聖夜的你的手，終究沒有跨年而來，那不是一個賣火柴小女孩的蒼涼手勢，只是一個火柴劃空的熄滅手訣。當love is over，就讓我們做lover吧。

雙C版納

Waiting to Ethnic

「西雙版納」與「外雙C」就像時尚與民俗。

一個pub週末，我們坐在環型沙發上，決定在自宅營業的女刺青師傅朋友說：「機器已經買好了，你什麼時候要來？」我不能置信地定眼望著她，被她這開場白一片搶白，腦海轟地一聲刮起「女師服務，一人一機」的群青風，掀起了陣陣帶媚的漣漪。

「但是到底要刺上什麼圖騰呢？」著實困惑人心，乳兒抱錦鯉的浮世繪嗎？還是墨西哥大主教的荊棘紅心？甚至想刺上壓根不存在的情人名字哩。但是，我終於想起西雙版納，所以決定刺印一個「外雙C」的字樣。但要刺在什麼部位呢？這又開始令我輾轉難眠了。

時尚與民俗，就像「西雙版納」與「外雙C」。

西雙版納是中國雲南的秘境，女人美得像是自體繁殖出來的，鮮烈的衣著服飾像是礦物褪下的菌衣。我只在丁紹光的油畫裡看過，那是舞鶴掠過髮影的女人，卻也像容格所說的「女神」原型。

外雙C是Coco Chanel的品牌標誌，即使大量複製繁殖還是會賣到全球缺貨，那年，奧斯卡影后妮可基嫚穿著一襲層層疊疊的白色禮服，我只聯想到彷彿是褪下來的菌衣。看起來名牌商品反而比較像是俗物，而民俗設計，反而是前人未至的時尚了。

每一個試圖營造民俗風格的設計師，內心總有一座荒原，當設計師瑀瑀走過沙地，曠世的藍圖才得以浮水而出。他是阿拉神聖之夜的Hussein Chalayan。她是蘇格蘭巨石陣的Vivienne Westwood。每一個詠唱山林聲音的歌者，喉中總有一隻刺鳥，當天賦歌者吟唱著天鵝之歌，連妖精的振翅都與之共鳴。他是飲酒的長者郭英男、她是大地之母的艾莉卡巴朵。

伏羲、女媧相互交纏，而設計師民俗風和來自原鄉野的美學生命力，也是一路互爲表裡，在歷史舞台上扮裝。因此，先住民的民俗風早該列入聯合國教科文組織（UNESCO）的人類文化財受到保護吧，即使直到世界末日，還是應該有先來後到的規矩吧。

民俗風總是暗喻著性愛的色彩。白流蘇垂落到第一爐香的篝火，霎時就慾火上身。拋光旗袍上滿繡的一排排亮片，就像快樂王子等待剝下蔽體的金箔葉。牙齒囓咬彩色串珠，散落一地的珠粒不意間進了深深的喉嚨。編麻提包上還散發大麻的費洛蒙薰香，小牛皮革和蛻變的蛇皮，讓人意識到自己原來是畜生。大麻／罌粟／苗疆蠱毒，都是一種女人異香。

你總不會相信品味冷靜、剪裁內斂的Jil Sander或Raf Simons，那種單機作業的設計風格，充滿著魔幻激情吧！從少不更事漸到更年，激情越來越淡薄的我，反而不再穿著這些修道僧的衣服來嚇自己了。異國的吳儂軟語，異邦人的氣息，突然好想把《山海經》拿出來摩梭，沉浸在那些異域子民的風俗民情之中。

我那尚無著落的刺青圖譜，就刺上個「野人獻曝」字樣好了，讓西雙版納的化外之地從此在體線上展開。

時事

婚禮的國力
Wedding Ranking

我們失去了得以瞻仰的事物，我們建造了101大樓。

最近一直在思考「國力」這件事。國力，國家競爭力。連這件事情都有排行榜，而且它的影響力遠勝於其它MTV音樂排行榜、誠品新書排行榜。如果你是第三世界的國家，你的國力就像你的學測能力，永遠排在後段放牛班；如果你現在是金磚四國，距離趕上前段升學班還有一些距離，所以要加油哦，老師已經注意到你們的表現了；如果你是歐盟，從小就是資優班學生直接保送最高學府，那這個世界都是你的，不要管其它人了。

最近看了一場從瑞典來的馬戲表演，宣傳單上號稱這個「薩克馬戲團」代表著瑞典的國力，最近還受邀至「愛知地球博覽會」爲瑞典館的開幕做演出。沒有錯，有史以來的萬國博覽會就是世界各國

較量國力的最高平台，如果能代表一國去做開幕表演，那實力一定倍受肯定，於是我們興沖沖地去見證瑞典的國力到底有多強大。高空翻滾、人體大車輪、北歐女聲吟唱，看完後我們面面相覷，鬆了一口氣：原來瑞典的國力只有這樣啊！如果這就是代表瑞典國力的馬戲團，那麼在拉斯維加斯凱撒宮表演的「太陽馬戲團」都富可敵國了！

也是最近，去看了電影〈希臘首部曲：悲傷草原〉。這是希臘政府出資請大導演安哲羅普洛斯拍攝的〈希臘三部曲〉的第一部，預計十年完成長篇壯大的史詩。看完後，我們又面面相覷，沈靜地回家。洪水淹沒的屋舍、羊屍掛滿的樹梢、戰爭相殘的兄弟，那些悲傷的淚珠，從草原匯流成河，滋潤整個大地，最後又淹沒了一切。

原來這就是希臘的國力啊！首部曲如此偉大，出資拍攝的政府相形同樣偉大，希臘，老師注意到你了哦……

就在某個週末，看到有線頻道的日本台播出〈日本故鄉的富士山〉這個旅遊節目，再度讓我見識到日本的國力。富士山是日本人的聖山，節目中走訪日本全島，選出最美的富士63景，從東京超高大樓遠眺的富士山、從茨城農地抬頭看到的富士山、從箱根溫泉氤氳中看見的富士山，日本人只要抬起頭，隨處都可悠然見南山。除此之外，節目還尋訪日本故里的富士山，遠至北海道富士山、南到琉球富士山，只要是當地以富士山爲名的秀峰全都走訪了一遍，彷彿日本列島無處不富士。

原來葛飾北齋的浮世繪〈富嶽三十六景〉沒有失傳，靠著一座山，今天的日本仍然展現了她強大的凝聚力；要是當初原子彈投落在富士山，不知道會變得如何……

異曲同工的，有一本書《巴黎鐵塔36景》也是在講巴黎鐵塔的無所不在，塞納河上看到的鐵塔、希奈島上看到的鐵塔、貓咪在屋頂瞄到的鐵塔，整個城市其實都在鐵塔的籠罩範圍之中。鐵塔就像咖啡香，已經散發在空氣，我們每天呼吸著，原來這就是巴黎的競爭力啊。

所以，希臘的國力是安哲羅普洛斯，日本的國力是富士山。一個悲傷的國力，一個神聖的國力。那我們的國力呢？阿里山的神木已經枯朽，失去了瞻仰的目標；悲傷的228已經立碑，逐漸被遊客呑沒，只剩下101大樓取而代之，成爲最高的精神象徵。

幸好，我們仍有第一家庭的婚禮可以展現國力，就像是模範生一定要在畢業典禮拿下市長獎，所有的新娘婚紗、筵席菜色，在在都是展現國力的最好模範，唯獨漏掉了一場精彩的婚禮表演；身爲一介國民，衷心希望第一家庭能邀請世界上最美好的哥倫布雷高維克的婚喪樂隊（Goran Bregovic and his Wedding and Funeral Band）來共襄盛舉，藉以展現我們強大的國力。

只是，我們眞的是模範生嗎？學測一直沒有通過，仍然在試各種轉學考、插班考、甚至走後門，卻永遠也擠不進去前段班……

不曾有的60與未曾有的69之間

Neo 60‧Retro 69

【六〇的過客‧協和的旅客】

六〇年代是個充滿火箭發射的年代，世界大國都在爭相太空競賽，對照今年協和號（Concord）客機就要退出天空舞台，從此走入歷史，六〇年代是個多麼充滿希望和機會的時空啊，再一次感觸：沒來得及在六〇年代活躍卻活在現在是悲哀的，甚至還沒來得及成爲協和號的旅客，就從歷史中出局了。

【六〇復古的歐美‧零式特攻的日本】

在東京都的中目黑區閒逛，這是一條河堤邊的兩岸住宅街，也是最近頗有造街氣勢的知人（知道的人就知道）景點。基本上是按圖索驥閒逛，也就是已經鎖定目標要參觀哪幾間店，只是故做悠閒狀，以免一眼就被認出是外來客。接近下班的時分，住宅區內只有主婦和學生的通勤腳踏車一直來來往往，

此時點亮了河堤旁的夜燈，卻不只是照明用，還是捕捉水蚊專用。我全身滿喫著這種屬於文明庶民的氣息，覺得即使當個水蚊也是幸運的。

中目黑區的小店家集體製造出一種Neo-Retro（新復古）的氛圍，所以我們明明是在二十一世紀的日本，可是眼睛所見卻是在六〇年代光景的歐美。音樂、圖書、傢飾、商品，盡皆圍繞在六〇年代，雖然日本同時流行著昭和三、四〇年代的復古風潮，很多風景區重現往昔的造街造景，但這一區擺明了就是獨立宣言，已經不隸屬於日本管轄了。

看到六〇年代的火柴紙盒，火柴芯被抽取掉，只剩外包裝壓平後套上透明膠套成了一張薄紙，是一張充滿六〇設計風格的書籤；民營飛機上的紙杯墊充當明信片，這張印著飛機公司logo的圓形薄紙，卻是〈神鬼交鋒〉（Catch me if you can）的李奧納多迪卡皮歐可以冒充著機長招搖撞騙的年代才有的特權事物。但是這些商品的標價都不便宜，可見要買回逝去的時光，不管是商品還是青春，都要所費不貲的。

其中有一家舊書店，同樣賣著六〇年代附近的雜誌小說和設計書，在瀰漫著古老美好的書香之中，店內卻掛著一塊電子數位看板，看板上的跑馬字一直跑著本店的宗旨：「This is not rare book, it's used book.」我一直猶豫著要不要買下一本當年的服裝辭典，但是仔細翻閱辭典，每一頁的字句上都有紅筆畫的重點提示，看起來我還要重新複習一遍前人留下的重點提示必考題了。這種二手事物遺留下的年代困惑，以前就曾經發生過，當然不用提我們都穿過哥哥甚至姐姐不穿的衣褲。有一次我跟研究所的女同學借漫畫來看，是《千面女郎》、《網球甜心》之類的少女漫畫，那個年代的漫畫刊物爲了匡正人心（當時漫畫被視爲怪力亂神的邪書嘛），總要在漫畫之後加上幾頁的問卷，列著一些道德問題，例如：「妳覺得譚寶蓮的努力會不會讓她當上〈紅天女〉的女主角？」、「內心如火的秋俊傑會喜歡上天眞的譚寶蓮嗎？」、「宗方仁教練能讓羅美薇打敗玉蝶夫人嗎？」似乎就是看完漫畫後的總複習，雖然只有「是」或「不是」的回答，卻也讓讀者對於未來充滿了更多的期待與想像，我的女同學很認眞地在每一題下面用鉛筆寫著「是」或「不是」，當我發現書後的這些筆跡時，接下來的每一本都會直接翻到最後問題處看完她的作答，陪她走過處女青春的那一段心路歷程。

建議五六七年級生都去中目黑走走，體驗你不曾享有過的六〇年代青春；或者是向我的女同學借《千面女郎》漫畫來看……

寂寞的日本語。

Lonely Japanese

日文課堂上，信手捻來「東京日和」（Tokyo Biyori）這個單字，地名的「東京」加上天氣的「日和」，構成一個具有文化意涵的名詞，就像「在巴黎的天空下」這個名句所呈現出來的境界一樣，有種dèjavu的感覺。我停下了寫著白板的麥克筆，感受著這股異國氣氛，這個氣氛，絕對不是來自小津安二郎。

最近，開始重修舊業教起了日本語，只是學生不再是學生，而是一群相識的設計師朋友們，他們想要的是安藤忠雄的建築講座，只是仍然必須從五十音的基礎乖乖蓋起，不然絕對不會有來日的清水混凝土和水鏡；在這個類似文化教室的語言班上，人與人的關係正在重新建構。

日本語原本就不是什麼激情浪漫的語言，還帶著許多的壓抑轉折和曖昧不清；如果拿來和火辣辣的義大利語或浪漫派的法語相比，那麼學習日本語眞像是強迫自己裹著小腳，但現在是二十一世紀了，誰還要慢吞吞？

但是任何再吞吞吐吐的語言，其生命力都來自於羅曼史；這是胡適、福澤諭吉等大教育家都料想不到的吧？所以美國婦女們狂熱地拜讀著封面印有猛男法比安的羅曼史小說，日本師奶們瘋狂地學著韓文來接近「勇樣」裴勇俊，台灣OL因爲竹野內豊和藤木直人而去日本旅行的更不在少數。她們這些人並沒有對語言的熱情，她們只是對羅曼史傾心，希望透過語言去親身實踐。

只是在語言學習的過程中畢竟是寂寞的，尤其是日文，寂寞的日本語總有著寂寞的芳心。而羅曼史的發生，其關鍵並不在語言啊！就像歌劇院的魅影（Phantom of the Opera）唱著優美絕倫的口白，那般的深情足以打動任何肉體，但最後他還是心碎了，因爲眞愛還是超越了語言。

再回到課堂上來講一下好了。

我要求學生們用課本附錄的教學發音CD做隨堂練習，請他們拿音響來播放，只見他們從辦公室搬來一台造型簡潔的機器，整個機身上沒有任何操作面盤和出入匣口，只有音箱的孔洞。操作搖控後，突然間亮起digital的紅色數字，開始播出了日文的會話練習，一時之間鴉雀無聲，既沒有人跟著唸，我也沒有要求大家跟上，因爲我正恍神地盯著這台機器——他們居然搬出了Bang & Olfsen的音響。

以前用Walkman卡匣學習日文的日子到哪裡去了？又黑又重又脆弱的卡匣隨身聽，還有好多的拷貝錄音帶，三不五時就會沒電，原本悅耳的NHK播音員的聲音就會開始像月球漫步遲緩下來，每次出門時都要帶著好幾顆充電電池，而且有時還要聽聽久保田利伸的funky music來轉換一下心情。如今，看到這些設計界人士才剛開始學五十音，就搬出一台B&O音響來壓陣，對照著那些逝去的青春時代，我有著一種不被了解的寂寞，覺得沒有自信能教好他們了。

所以我在日文課堂上心碎了，不是因爲寂寞的日本語，不是因爲暗戀著學生，而是因爲被這個高檔貨完全打敗了。

我覺得，如果是教一群熱愛羅曼史的師奶們，情況一定好多了。

成長遲緩的公仔

The Middle-age Doll

・公仔的危機一髮

在和一群朋友聚會的春酒團拜上，大家有大有小各說各話。對著在潤泰企業就職高人一等的朋友，我強力指責他一定要去看電影〈尋找新方向Sideways〉，體會已經面臨的中年危機；對著從巴黎回來過年的朋友，則是感慨爲什麼選中湯姆漢克Tom Hanks來演《達文西密碼The Da Vinci Code》，他演四十歲的哈佛大學教授有點牽強吧。

雖然都是閒扯，但話題似乎都暗指著中年、環扣著中年。〈尋找新方向〉是兩個中年男人尋訪加州酒莊，在紅酒的品嚐中領悟失意和眞情，雖然平淡無奇略帶冗長，卻是眞實人生的寫照，誰的人生又有億萬富豪的風光可以過著神鬼玩家的生活了？《達文西密碼》則是解開了基督教歷史上最大的謎團，但是這位中年的哈佛教授眞正的收獲是得到了眞愛，就像耶穌得到了抹大拉一樣。

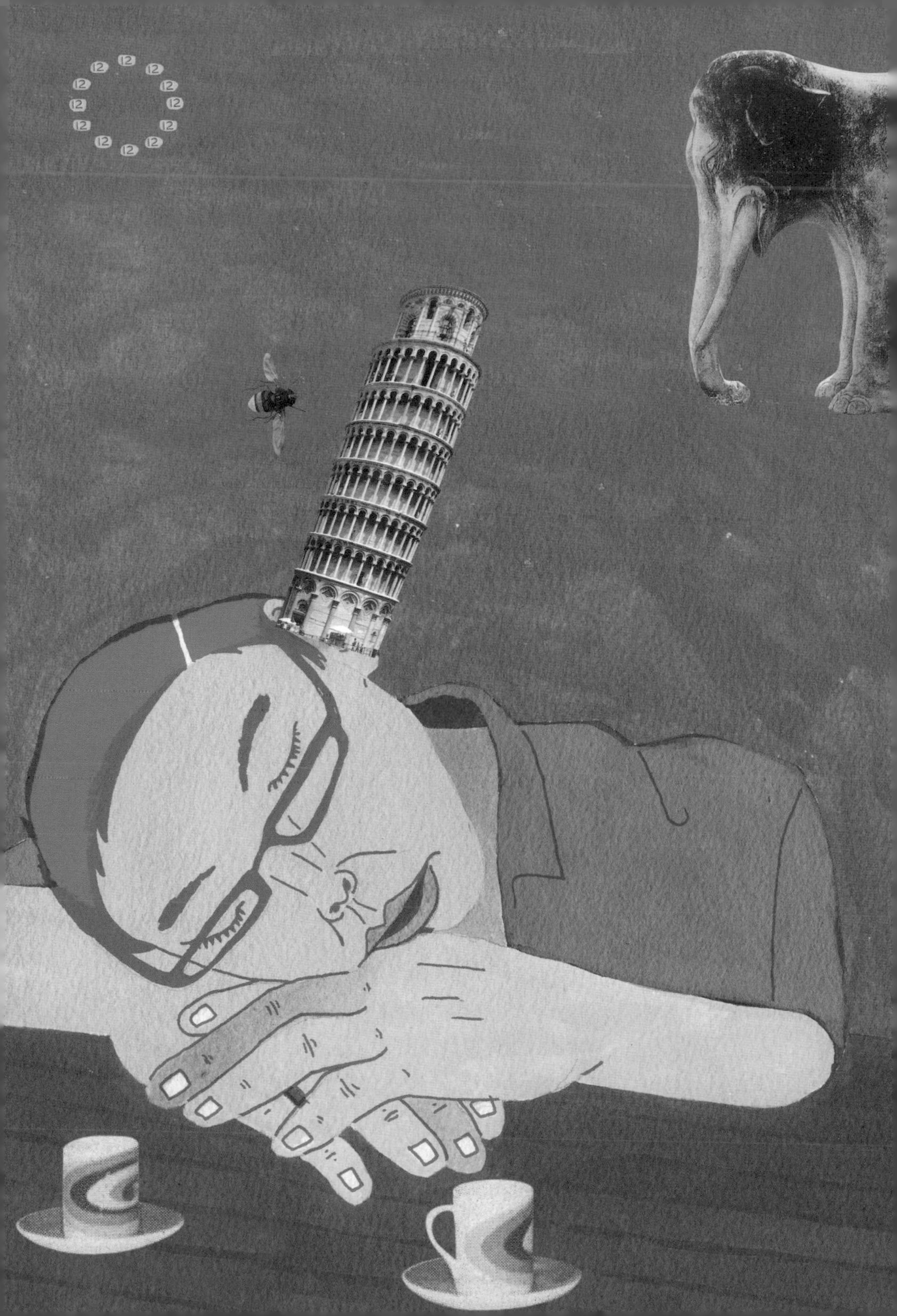
12 12 12 12 12 12 12 12 12 12 12 12

似乎人到中年，日子不再新鮮，但一定要領悟一些眞意，不然就是所謂的「中年危機」了。還好新春的喜氣沖淡了中年危機的陰霾，這個話題就在吃香喝辣中消化了。飯後，大人們帶著小朋友到「紐約・紐約」的戶外咖啡座聊天，正好有間麥當勞，就幫小朋友買了個〈神奇寶貝〉的玩具小火龍。這是個陀螺玩具，只要抽拉出發條棒，小火龍就會在地上打轉。我看得過癮，顧不得其他大人們都在聊天，也衝進去買了另一隻神奇寶貝，準備和小朋友對戰。就這樣，一個西裝筆挺的中年大人和一個五歲的小男孩就在戶外的地板上玩起了戰鬥陀螺大對戰；所有的大人都停下了手中的咖啡和巧克力（名聞世界的La Maison du Chocolat），看著我們倆個在對打，然後我聽到了一句：「眞是個成長遲緩的大人啊！」

「成長遲緩」變成了現代人的特徵，不想面對中年危機或成家立業娶妻生子，就用成長遲緩來敷衍。和七年級生打成一片已經不算什麼，能和八年級生以下的打成平手才是高竿，我的六歲外甥甚至還叫我是「魔人舅舅」哩（取自卡通〈飛天小女警〉的魔人啾啾），這讓我好不得意！

於是前一刻還大聲疾呼朋友要注意中年危機，這一刻和小朋友的對戰已經將之拋諸腦後，這可能是比更年期之後罹患阿茲海默症還要可怕的心智障礙，因爲我們這些人都是自願得病的啊。

也是春節後的另一次團拜，忍不住和朋友比起今年誰包的壓歲錢比較多，還因此抱怨身爲單身者的不幸，每到過年都要大失血；結果年過三十的朋友說，她還從父母那裡拿到壓歲錢，而且將壓歲錢拿來買公仔了。我聽到之後大叫，把她視爲天人，不，是天兵才對！不僅跟爸媽拿了壓歲錢，還把錢拿去買公仔，這是五歲小孩的行爲吧？

不管她買的公仔是澳洲藝術家Nathan Jurevicius的〈ScaryGirL〉系列，還是村上隆的「六本木Hills」玩偶，總之，她把壓歲錢包給了公仔，而不是小孩子。這一刻，不是成長遲緩，而是時間暫停了。

原來每一尊公仔，都象徵著一個成長遲緩的大人啊；眞正成長遲緩的公仔，就是日本靈異傳說中，那尊面無表情的市村人形，她的黑髮一直在慢慢長長……長長……

・中年聽雨危樓中

以前很喜歡中國的一首詞，講少年時聽雨歌樓上、中年時聽雨渡船中、老年時聽雨屋簷下，同樣的雨卻形容了人生的三個階段，很像是韓國導演金基德的〈春夏秋冬又春〉的美感。那時似懂非懂，但是文字強說愁的魅力讓我爲之迷醉。

從春節起，台北就一直陰雨至今，每天在睡前和醒時都會聽到雨聲滴答，因爲屋外搭了雨棚，還會聽到鴿子飛來躲雨時的咕咕聲，爾後天光乍亮，捷運的行車聲就會隆隆響起，整個城市運轉開來，蓋希文Gershwin的〈藍色狂想曲Rhapsody in Blue〉就是這麼寫出來的吧。

只是年少聽雨的歌樓，如今變成了危樓。

不管台北101的高樓如何平地起，我只看見每個中年男人的危樓都搖搖欲墜懸在半空中，就像女人一到年紀就要努力維持臉皮和乳房不要下墜垮掉，男人們也都勉力地撐住自己的危樓不要倒塌。

朋友在新店的房子是簡學義（鶯歌陶瓷博物館的建築師）設計的，孤立在花園新城山頭的最高戶，俯瞰而下整個台北盆地，颱風的山嵐來襲時，還有一扇金屬百葉窗密合起來，擋住所有的攻勢；彷彿把自己變成鎖在高塔中的長髮萵苣公主，等待王子來救援。但是王子始終沒有來過，她倒是常下山尋找就是了……

這樣的Wall Paper生活實在令人望之卻步，我只上門一次就再沒去造訪過了。然而屋主講起簡學義時還是略帶感傷的，因爲他的空間設計迄今都還沒有眞正完成。大師是靠著每一個案子構築自己的夢想，而業主則是把自己的生活寄託在這個夢想上，就某個角度而言，這個論理聽起來異常空洞，住家似乎變成空中危樓了。不管簡學義也好，歐陽應霽也好，這些空間美學的設計者都不重要了，誰能介紹我一個能眞正整修中年危樓的建築師？

最近我的健身教練出了教學書找我寫序，劈頭第一句話就寫：「人生進入前中年期，再也找不到什麼新鮮事物。」這本書可能會因爲我的注衰而少賣了好幾千本。但是眞沒什麼新鮮事了，別人在玩卜洛克的幾百萬種死法，我恨不得回家去看〈CSI：犯罪現場〉的最新解剖；別人依然在趕場時尚派對的八卦嗑牙，我恨不得去吃遊民尾牙。

在還沒找到改建中年危樓的建築師前，還是繼續看我的電影；很喜歡亞力山大潘恩改編的〈尋找新方向〉以及查理考夫曼編劇的〈蘭花賊〉，但是這兩部電影現在都變成貼在危樓中的壁貼，慢慢地發黃了；唯一慶幸的是，我貼的不是林志玲的海報。

一根蜘蛛絲之旅

A Trip to H

・躺也兩蔣、醒也兩蔣

國際間普遍認爲台灣是座貪婪之島。

眞的，連我也這麼認爲。不過與其說是對金錢和八卦的貪婪，更應該說是對「美直男」的貪婪，只要一有優良的獵物出現，立刻引起全民騷動；怨女們的身心靈完全爲他釋放開來、心懷他志的曠男們等待著奇蹟的發生、爲人父母則藉題發揮什麼是好女婿的準則，一時之間，台灣人的口水都掛在美直男的身上，如有幸者則可以將口水就近一親芳澤。（如小S）

最近的美直男現象就是蔣友柏、蔣友常兩兄弟。當然因爲他們是兩位台灣總統的名門之後，再者又是優秀的歸國學人，最後也是最重要的，他們都是帶有異國血統的優直美男。（比較不幸的，蔣友柏已有家室）於是全台的焦點立刻把準星對著弟弟，彷彿蔣友常攀爬著通往天堂的那條蜘蛛絲下面，

正有一群兩千三百萬隻的餓鬼等著捱上身。

看來台灣不只對A貨貪婪，對好貨還是更貪婪的。

在同一時間，也因爲故兩蔣的陵寢即將安遷而引發了一些社會問題，兩蔣靈車行經的市鎮立刻有了兩極意見，不論贊成或反對都因此格外引人注目；蔣家男人不論生前死後都是全台的焦點啊。

與其貪婪著美直男的小兩蔣，我還是對老兩蔣的陵寢有比較大的期待；美直男畢竟會終老，而陵寢卻是半永恆的。台灣一直缺乏可以安定人心又有歷史價值的陵墓，巴黎的拉榭思墓園、倫敦的西敏寺、華盛頓的紀念碑、甚至是西安的始皇墓，都有其流覽和沈思之必要，而台灣也許除了未公開的蔡萬霖首富之墓或是鄧麗君觀光墓園，似乎找不到什麼可以接駁生者與死人的美好去處。（當然，觀落陰不在此限）

爲什麼要去謁陵寢？這是一個比安樂死還要令人迷惘的問題。對於故人的後代而言，當然是非去不可；但對於其他不相干的閒雜人等而言，就有其攪局的心態了，也許是宗教狂熱、追思名人、欣賞地景、或是無處可去，總之去看了再說吧。就像安樂死，律法和宗教還有輿論等大前提，這些又關乎一息尚存的本人和家屬何事了？可是卻由不得當事人自己做主，必須大鍋炒一起攪個沒完沒了，至死

方休。（最近接連看了安樂死和墮胎的〈登峰造擊〉、〈點燃生命之海〉、〈天使薇拉卓克〉，因此一講到生命就神經緊張）

我可能也是抱持著特種心態，所以才想要去墓園，撫摸著故人死去的面容，感觸前一個觀光客殘存下來的體溫，聞著獻花的香味，以及空氣中無盡的神韻。這樣的旅程確實比起在酒吧一夜情的艷遇來得安定人心，更有歸屬感。於是，旅途就在白天去探訪陵墓和死者交會，夜晚流連酒吧和生者交歡的日夜顛倒中度過。

‧愛情的血拼圖

其實，一直想去尋找范柳原與白流蘇相會的斷垣殘壁，那裡充滿著二次大戰的死亡氣氛，更是憑悼愛情的最佳場域，張愛玲一定也是感知這種「愛與死共存榮」的心態，才會寫下這麼美的《傾城之戀》吧？同樣的，不知到哪裡尋找葛斯佛莊園（Gosford Park），才能享受「四點用茶、八點用膳、午夜用刑」的謎樣人生。

反而不會想要去西藏面對終極生死，似乎所有人都以爲要到了西藏，才能看透前世今生的大徹大悟，至少朋友裡面確實有幾個人如此，而且也執迷不悔。所以《西藏生死書》就變成每個人的功德簿，在這裡又看到越僞善的朋友就閱讀得越勤快。雖然我也神往西藏，但不覺得那裡只是面對生死的國度，應該還有一些別的什麼吧，也許是青康藏高原的鐵人三項。（聽起來是必死無疑）

雖然飛航是很安全的交通方式，我們出國前總會買下保險以防不測，抵達異地後也有可能失聯或失蹤，不再回來。這樣子既期待又怕受傷害的旅遊恐懼症就在一生之中交纏著我們，卻又不盡然有面對眞正生與死的機會。於是，很少有一本遊記眞正感動了我，也很少有一趟旅程眞正刻骨銘心，不管是希臘的藍海白牆或紐約的雜沓高樓，就算是祭出了金字塔或是那西加高原，跟我想體驗的人生還是分屬不同的境界吧。

倒不如說在別人身上體驗的奇妙旅程還比較像是出國，每個個體都像一趟旅程，肉體旅遊完了還可以深入到心靈去，最後膩了就乾脆脫身回國，玩不膩的就永遠深陷在裡面。所以我可以在這個肉體身上血拼，在這個心靈裡放浪，爲了接觸這個肉體而訂下五星飯店，爲了逃離這趟蜜月而遠走他鄉，有太多太多種遭遇會發生在人和人的接觸之旅上面。

血拼就和愛情一樣的眞實，一旦相中的東西絕對不放手，可是到手後卻又不知如何處理；高級皮件會隨著使用者的汗脂浸潤而日久顯現柔和的光澤，可是一道無情的刮痕就能讓它醜態畢現，我講的不只是愛馬仕皮件，更是講愛情。可是當然要去追求愛馬仕皮件，我可不想一開始就知道它是襄陽市場的A貨，還自欺欺人地用得愛不釋手。

所以旅途中當然要盡情地採購，因爲它是唯一可以取代愛情的正事，愛情不可能天天存在，血拼卻可以隨時隨地發生，不管散不散金，都可以買到心愛的東西，就像不管敗不敗德，談戀愛都是一場既知論卻又違心的旅程……

【美智子皇后的肖像畫】
Portrait of a Ladybird

最近很想去看一個展覽，雖然台北美術館的法國「科比意」策展也很精彩，但世界各地還是有很多新銳的玩意在發生。「多啦A夢」個展夠炫了吧，這可不是什麼隨便在販賣小叮噹商品的促銷展哦，而是當代的藝術家替小叮噹所做的一次開棺驗屍大法會〈對不起，這篇文章是在農曆七月寫的〉，所以有請村上隆、奈良美智、蜷川實花、森村泰昌等當代日本新銳藝術家，以繪畫、攝影、身體裝置等方法表現出日本最受全世界歡迎的漫畫人物——藤子不二雄的〈多啦A夢〉。這些創作中最讓我過目難忘的，就是奈良美智創作的一幅「小叮鈴」〈小叮噹之妹〉，他慣用的奈良美智式純眞叛逆眼神，套在小叮鈴的漫畫造型上，看得人是頭皮發麻、幹聲連連；什麼時候小叮鈴也變成有水腦症的大頭少女了？〈奈良版美少女的註冊商標〉

以傳統人物爲文本，輔以新生代的創作手法，不管妳是蒙娜麗莎還是小叮鈴，全部解構然後再生，

這正是無國界的世界大同。現在誰還去羅浮宮看蒙娜麗莎啊（達文西，對不起了），因爲你看到的只是義大利文藝復興時代的人類木乃伊，而沒有看到達利以超現實主義畫出兩撇鬍子的蒙娜麗莎、或是森村泰昌男扮女身裝置出了蒙娜麗莎，如果我們始終停留在帝國主義國寶交換的古文明世界中，今天看睡蓮、明天看秦俑，何時才能看到二十一世紀的未來世界呢？

在小叮噹的無國界世界中，早已存在著世界大同，只是我們的島國心態還在追問：小叮噹是什麼？那是日本貨吧！

最近在一個追酒的夜晚，聽到一次響應漢音表記和通用表記的激烈辯論，例如「台北」不是「Taipei」而應該是什麼；對不起，我直到現在連萬國音標和KK音標的差別都分不清楚，更別談要表態去支持哪一方的立場了。（在我看來，2300萬人中至少有2100萬都和我差不多吧，那爲什麼有那麼多人還可以出來電話投票呢？）這眞的是一個令人宿醉的話題，但攻方和辯方爭得面紅耳赤，我也只好裝作關心聆聽貌；終於，殺手鐧的那一句話出來了：「那你是哪一國人？」這句話眞地問得人心惶惶，但我的朋友也很酷：「我就是人，並不會以生爲哪一國人爲榮！」（這時，我心中浮起了一首主題曲：Born Free）唉，於是我親眼見證了「無國界」的死對頭不叫做「聯合國」、而叫做「世界大不同」。

是不是因爲網路世界的虛擬，讓許多事物也都虛無了起來呢？還是我們終將走向一切歸於無的世界呢？這眞是令人感無量啊。我最喜歡窩在家裡看ESPN的網球賽轉播，畢竟這仍是一個實體世界的戰場，界內和界外仍然界定著成敗論英雄。犀利的邊線穿越球或是鞭長莫及的inside-out抽球，經常在白線邊上演著「減一分太少、增一分太肥」的精彩戲碼。如果沒有那條boardline，阿格西和阿匹婆應該也沒有太大的差別。有時候，我是喜歡那條界線存在著，阿格西也好、阿胥肯那吉也好，大師才能在底線升起，超越國界的上空。

我只是想看一場二十一世紀的精彩導覽，不是要誤導誰。那些還在看小叮噹的人仍然是Mr. Children、還在看蒙娜麗莎的人仍然是八國聯軍的受害家屬，但如果奈良美智替日本的美智子皇太后作人物肖像，不知道將會是如何的母儀天下喔，善哉善哉！

黑色組織
Red Curse Named Black

黑色就像紅字，一生受用

「這個組織的人都穿著黑色，戴著烏鴉一般的墨鏡。」廣田雅美在死前對柯南講出最後一句話。柯南並沒有把雅美送到急救醫院，只是思索著到底是什麼樣的神祕組織讓全部的人都穿上黑衣？於是他請阿笠博士用IBM深藍電腦檢索了所有關於「黑」的公司／會社／結社的檔案資料後，得出了以下數個黑色線索。

【黑森林】

漢森和葛麗泰迷失在德國的黑森林中，格林兄弟尾隨其後，寫出了《格林童話故事》。整部書只

反映出了戀童癖、嗜血症、少女獵殺等怪奇趣味，而沒有黑森林蛋糕的甘美。而這部書居然是黑色組織的最佳童年讀本……

【黑魔法】

羅曼波蘭斯基的〈失嬰記〉中，米亞法蘿的新生嬰兒被神祕黑魔法組織擄走，也許是太入戲，她日後和伍迪艾倫從全世界領養了許多小孩。但她並沒有像英國的J.K.蘿琳寫出了《哈利波特》，不然伏地魔要攻擊的新生嬰兒就絕不是哈利了。

【黑天使】

純白的大天使長米迦洛和暗黑的墮天使長路西法，黑白相姦常常是少女漫畫的同性主題。有一年收到生日卡片，上面寫著「你是我的fallen angel」，結果後來看到一部超級A片就叫做〈Fallen Angel〉，但內容絕對不是王家衛的〈墮落天使〉！

【黑珍珠】

超級模特兒和高級蓮霧一樣昂貴，一樣令人口水直流；號稱「黑珍珠」的Naomi Campbell曾是九〇年代紅極一時的超級名模，但是現在再提到「黑珍珠」，大家只會想到活躍在溫布敦公開賽、美國公開賽的網球健美女將Venus Williams了。

【黑色電影】

如果你以爲〈星際戰警MIB〉那種主角全身穿黑色的電影就叫做「黑色電影」，那麼〈鐵面特警隊〉的凱文史貝西、羅素克洛一定會海扁你。男性暴力、金髮美女、都會偵探、反英雄結局，「黑色電影」才是大人的電影，至於「黑幫電影」就留給街頭快打的死小孩看吧！

【黑色大書】

台灣漫畫家麥人杰有一本名作《黑色大書》，這也成爲他日後綽號「黑色大叔」的由來。麥人杰還是某屆金馬獎的評審委員之一，結果最佳影片由〈榴蓮飄飄〉獲得。麥叔叔：難道〈藍宇〉的同性戀會比不上賣肉的妓女嗎？

【BMW】

日本女作家山田詠美的經典小說《我只愛黑人音樂》，道出了黑人和音樂同樣令女人肉體產生曼妙的節奏感。身爲平凡的男人，原來我們不只買不起BMW，更不可能擁有Black‧Music‧Woman！

【黑寡婦】

這個名詞帶有致命性魅力，彷彿專爲葛倫克蘿絲存在。有一年Jean Paul Gaultier以墨西哥女畫家芙烈達卡蘿爲時尚主題，她的旺盛生命力超越了肉體和性別，將男性燃燒殆盡。至於珍妮佛羅培茲也想爭取卡蘿這個角色，她還是當吹牛老爺的黑寡婦就好了。

就像柯南一直在尋找的神祕黑色組織，其實我也是剛從某家黑色廣告公司逃離出來的活口，那裡的老闆、創意總監、業務帥哥美女，鎮日穿著日本三大設計師的黑：三宅一生的反差黑、山本耀司的禪學黑、川久保玲的彩色黑，而且橫行無阻，成了這個公司的標準色；後來我也學乖，只有穿著黑色才是最好的保護色。

今天中午搭電梯下樓吃飯時，突然一群男男女女擁進電梯，全身黑色擠得我喘不過氣，霎時以爲她們又要來抓我回去了！（就像〈極光追殺令Dark City〉的恐慌？）

才發現，原來黑色就像紅字，在還不及告訴柯南「神祕組織就是那家黑色廣告公司」之前，已經深深炮烙在我的身上了。

一個香港泅泳兩岸三地

HK Ferry Tale

窮老鼠和富老鼠的寓言故事。總以爲香港就是那隻都市的富老鼠，在台灣這隻鄉下的窮老鼠還沒見過世面前，整天就已經打理著資本主義的殘餚剩飯，養出一身精亮的毛色，並且很體面地裝出一派闊綽模樣橫行過街。那時，任誰都以擁有這隻富有的親戚爲榮。

後來，鄉下老鼠的台灣開始發達，也學起富老鼠想要沾染一些文明的氣息，別的不說，光是那些時尚名品就可見一般；以前香港的購物廣場和精品旗艦店簡直是敗家的朝聖地（對不起，是敗家、不是麥加），但是後來也都漸漸地搬到了台北街頭，也許稅制沒有那麼便宜、貨號沒有那麼齊全，但是擺在街上望過去，還是挺體面的。這時，十年河東十年河西，台灣和香港總算可以平起平坐了。

到了九七之後，不管是富老鼠還是窮老鼠，都突然發現：誰偷走了牠們的起士？叱吒一時的榮景都消失不見了，香港喪失了精品消費能力、台灣喪失了經濟投資魅力，原來牠們都不是眞正的主角，眞正的主角是那隻倍受全世界驕寵的上海肥貓，因爲有一個拉闊的中央主子在替牠梳理著。

這就是香港的發跡與中輟，也許，它仍是一塊全世界矚目的消費天堂；但是，在某些意義上，它早已變成了白流蘇的斷垣殘壁。

不過，廢墟仍有其難以取代的一面。半島酒店、太平山夜景、蘭桂坊、《號外》雜誌，這些事物都足以令香港遺世而獨立。雖然上海的金茂凱悅高聳雲霄、外灘的夜景光華璀燦、衡山路的酒吧財氣風騷，但是，「香港製造」就是有那麼一些洋脛幫的味道。那時，每年總要去香港文化中心看齣外埠的歌舞表演，享受一頓五星級的渡假早餐，至少放眼亞洲，香港是搞洋玩意兒最成功的一個樣板地方。

起士不是被偷走了，只是轉手了而已。

・過境千帆終不悔

人說香港是文化沙漠，但還是開出幾株奇艷的妖花；黃耀明的〈春光乍現〉、關淑怡的〈萬福瑪利亞〉、林夕的〈再見二丁目〉、王家衛的〈花樣年華〉、董啓章的《安卓珍妮》、李小龍的功夫片、歐陽應霽的圖文漫畫。這些妖花不免有人工味，但比起庸脂俗粉還是耐人尋味許多。

人文在香港，大概是唯一不需要廉政總署出動的活動了，連每年頒個勁歌金曲獎或選美會，都因爲獎項分配不均而有勞廉政總署出面調查，不得不令人讚歎：香港搞娛樂簡直搞到精！

香港有美食、購物、賭風、夜生活，有點像是堆砌出來的萬國博覽會，帶著今天玩完隨即就會被拆館的惆悵快感。但是現在的香港，更多時間被當做是前進上海的過境港口和大陸遊客的揮金之地，國際味沖淡了，本土味濃郁了。做爲轉機地，香港和澳門其實沒什麼太大的差別，只在於赤鱲角機場的免稅商店有雪茄吧和腳底按摩而已。不過，香港有個荷里活，荷里活有個成龍；成龍擔任香港的旅遊大使走遍全世界，卻只有在台灣行不通。

很久沒有登陸天星碼頭，現在每晚七點半就有雷射聲光秀表演，代替祖國的舞龍舞獅招攬著賓客；也很久沒有搭乘山頂纜車，在萬頭鑽動中看著中國銀行刺破夜空；但是香港過境千帆終不悔，在英國之前的、在中國之後的，「香港」自有她化外之地的歸屬感吧！

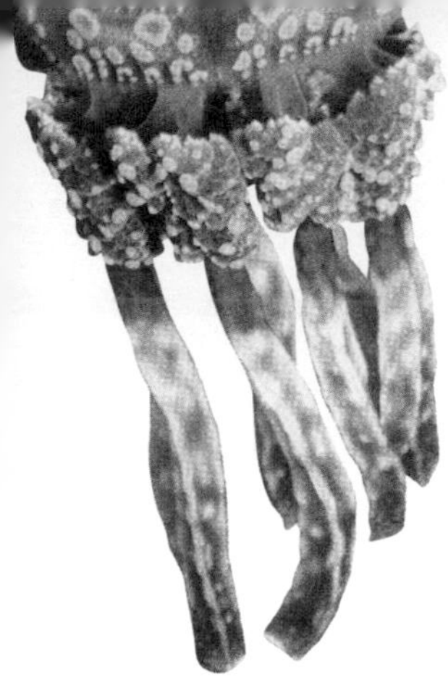

電影的省電裝置

Cinemania

在電影院的暗處觀影，從來都不曾有暗夜驚魂的經驗，直到看〈魔戒〉時。那一對坐在身旁的情侶檔，男生一直告訴女朋友：「甘道夫實在太遜了，他可以直接用魔法從囚禁的高塔上飛走的嘛！」、「他可以用魔法打敗火龍呀！」從頭到尾就聽到他的「無用論」云云一直數落著甘道夫，滿腔怒火的我不知道該把氣發在他身上，還是發在用魔法污染了全世界麻瓜心靈的哈利波特身上！

現在的電影院已是多廳聯映，我的最高紀錄是從早場開始一連看了五部電影，相信我，這比爬完新光大樓46層階梯後再去打一場壁球還要來得累。（因爲這兩件事我都有做過）才放聲慟哭完茱蒂丹契在〈長路將盡〉的阿茲海默症，馬上就開懷爆笑約翰馬柯維奇的〈變腦〉，接著又屁屁銼地看強尼戴普追凶的〈開膛手傑克〉，最後終於從凱文史貝西主演的〈眞情快遞〉中奪門而出，因爲巨大的沈悶實在讓人無以爲繼了。但這和趕金馬國際影展的情況比起來輕鬆得多了，看金馬國際影展，不僅有排

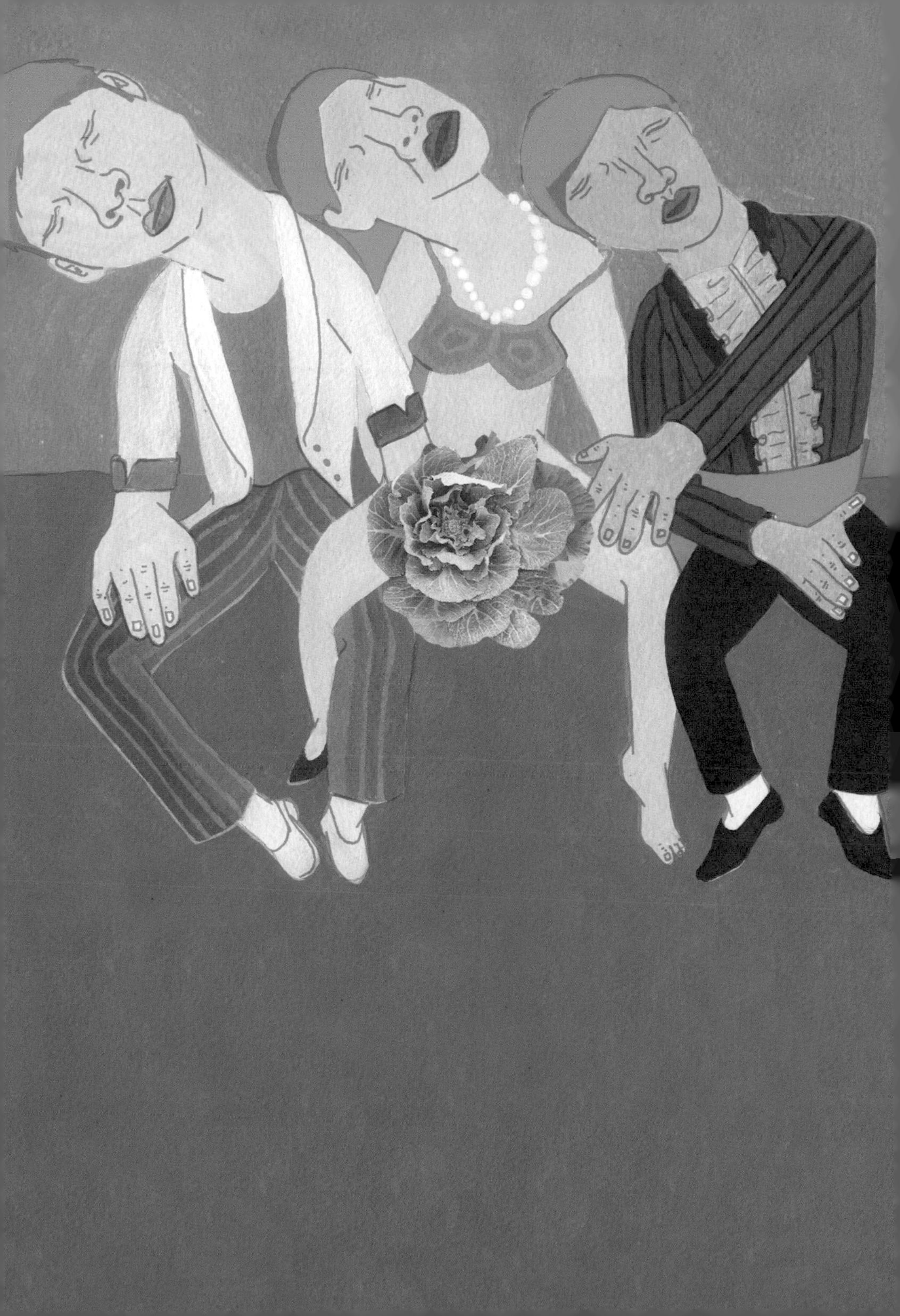

隊搶票的前置作業，還有連番趕場的惡夢，最後在翹班去看時，總覺得回公司一定會被老板炒作掉。

有一個作家好友就更神奇了，她的年度計畫就是要看五百部電影，可是一年也才365天而已吧，於是就看到她每天進出各大試片室和電影院，甚至還專程南下高雄去看「韓國電影節」；光看還不要緊，她的電影功課還帶進戲院裡做，眼睛一面盯著銀幕，手卻像盲人點字般地摸黑抄著電影的對白和情節，以備日後寫稿時查詢。這又是另一種暗夜驚魂的經驗了，每次坐她身旁看電影，都覺得自己像在法廷的陪審團席，看見一位速記員在記錄審案過程，而且還會讓我分心地想：這句對白很棒，她會不會將這句對白記下來？搞得自己人心惶惶。

朋友都覺得我熱愛看電影，其實我是熱愛「背」電影，從小就把電影圖鑑或影評人寫的電影賞析大全當做英文字典整本背了下來，所以即使沒看過〈索多瑪120天〉或是〈愛情神話〉的12歲那年，也可以把導演和劇情講得如數家珍了；有什麼辦法，台灣就是專搞這種天才教育，只要會背會考試就好了。多希望那一年是實際體驗愛情神話和親身淪陷索多瑪城的。

而現在，熱愛電影的方式又更進階了，變成「省電裝置」的人性功能；就像電腦不用時會自動進入省電模式、音響不用時會進入待機模式，我現在也染上了嗜睡症模式，常常在電影院中睡著。去年看了〈無可救藥愛上妳〉，劇情分成兩條主線，十九世紀的英國詩人愛情和二十一世紀的美國男女愛情，只要劇情一回到十九世紀，我就精神勃勃；進到現代，又沈沈睡去，如此反覆半夢半醒之間，彷彿有人呼喚著我「凱羅爾」，因爲《尼羅河女兒》的凱羅爾就是一直穿梭在古代和現代之間，身爲現世的兒女，卻心繫著上埃及古國啊！

最近昏睡看完的還有雷夫范恩斯主演的〈蜘蛛〉，原以爲看過〈紅龍〉後，雷夫已經成爲我的最愛，沒想到這部大衛坎能堡的風格電影，綿密的蛛網還是沒能將我從睡眠的泥沼中網羅出來，其實米蘭達理察森演得眞是好極了！有次和朋友去看某個藝術影展，前後接連看兩部，結果上一部〈愛上美人魚〉是我睡著，下一部〈沒人寫信給上校〉則是他睡著，後來我們互相交換了一下劇情，湊合起來還是看完了兩部片。於是越來越相信：並不是導演不好、演員不好、劇本不好、甚至戲院不好、友伴不好，而是我的耐性越來越不好，隨著年紀變大、生命越薄，只要電影一不對盤，就自動切換舒眠省電裝置，誰都擋不住。

所以下次任何新片請記得通知我，我會告訴你們這電影是否搭載自動省電裝置。

車狂與路癡

Love Bus Stopper

公車上，她一直在抱怨男友開車上政治大學接她的過程花了三個小時，明明只要二十分鐘的路程，卻因爲男友認不得路，足足耗上了多餘的等待時間；在我抵達家門之前，終於搞懂她的男友是如何的路癡以及對她有多麼的愧疚了。有機會的話，我倒想搭她男友的車子看看。

在公車上，就是個集體監視的場域，不管你在講手機或是看雜誌，總會有人緊盯著你，比如我；而我唯一沒興趣的是當你囫圇吃著早餐的時候，畢竟，分享別人的吃相並不會讓我感到飽足。

我很喜歡坐公車，一來它始終便宜（卻不便捷），二來它不需要角色扮演，因爲穿金戴銀地坐上公車只會讓自己相形見絀，完全達不到彰顯的虛榮，如果那一天我是穿著Gucci或Prada之流的襯衫出門時，都會儘量不要驚擾到同車的乘客，不讓他們察覺到有什麼異物的闖入。還有我們常笑一位朋友，每次都戴著滿手的珠寶去坐公車，我們這伙人常幻想：有朝一日他在投零幣的那一剎那，戒指的碎鑽會有

顆掉落下去，當場讓票箱變成了奉獻箱；但就像不能阻止他繼續搭公車一樣，他也從來沒有奉獻過。

但是，坐公車最大的樂趣來自於可以堂而皇之地監看、監聽他人，雖然每次都只是獲得一些不甚需要的消息，但這些不實用的資訊比諸在網路瀏覽垃圾情報來得有人味多了，至少當我第一次聽到911攻擊事件的時候，不是從新聞或網路，而是從公車上的幾位高中生以繪聲繪影的方式講著剛才哥基拉攻擊了紐約的世貿大樓，這種講法讓我興奮莫名，激起無限的想像空間，但也在之後爲自己想像的膚淺而向受難者默哀致歉。

從來沒聽過有人是公車狂，但我的GF中卻有好幾位是車狂，她們講述F1的熱情常讓我覺得：她們是期待大舒馬赫開著賽車衝出跑道而衝進她們的幹道。而朋友的姐姐也是個車狂，每次在他家時總看見她在翻著汽車雜誌，甚至還會折上頁角做記號，而我只能無聊地翻閱著信用卡購物專刊，兩相比較之下，她比較像是何麗玲在看著法拍屋情報，又快又準地買好離手，而我則像是羅璧玲在看著香奈兒型錄，只想照單全收。

公車，其實是實現自我的最大障礙，因爲大多數人都想藉由買房車來展現自已的工作收入、身分地位、以及對男女朋友的愛，而這些對我而言都是不需要的，反而偏愛招之則來揮之則去的公車，連打的的錢都可以順便省下來了。

車子，不管是汽車還是機車，的確讓人實現了願景，不論他要展現的到底是身分還是速度，而一個無車階級甚至還不如一個沒有房子的無殼蝸牛，因爲他們連移動上都受到了限制。所以我是一個有違騎士作風的人，除了偶爾替女士開車門之外，我是很少自己開車的，更遑論要我鋪蓋上衣讓女士走過那灘泥濘水坑或是載著她們去兜風。

如果切格瓦拉沒有那輛摩托車，不知道古巴還有沒有那場革命之旅；如果革命之路是需要領袖帶頭的，那不知道路癡適不適合當做領袖。如果葛雷哥萊畢克不是用偉士牌載著奧黛莉赫本，不知道那個在羅馬的假期是否還會浪漫？

雖然沒有車子，我還是可以當我的騎士勞斯基，唱著機遇之歌，在紅白藍的三原色中徜徉吧！

到底要Y2K還是K2？

Y2K or K2?

即使冒險也要御風而行，於是我們縱身一躍，從山谷跳進溪澗，兩個人像是從泥巴中鑽出的彈塗魚，全身赤條條地溯溪而上，也不管會不會污染了溪水，讓山腳下游的民眾都喝到我們的嘻水（哈，嘻弄過的水）。那一年，我們都超過三十歲，玩起來卻還以爲是湯姆和哈克的冒險生活，一樣的精疲力盡。

其實如果讓一個成年男人逮到機會去放浪、放開去冒險的話，大部分的男人都會選擇在性事中放浪（玩多P劈到爽）、在感情中冒險（玩千人斬到爽），那麼到底是什麼動機和誘因，驅使有些人會去撒哈拉的滾滾黃沙中參加絕命的「地獄馬拉松」或是攀登巔峰極限的K2峰而被凍傷截肢呢？在截稿前，都還沒有聯絡上現在熱衷玩鐵人三項的「廣告教父」孫大偉先生，所以無法作答。

對我們，那叫做冒險；對那些人，只是人生。

就像湯姆與哈克，他們的生活就是那條密西西比河；而我們的人生，只是缺少了那麼一條河流，那條密西西比河。

但是講到地獄玩法，本人還是有親身體驗過的（當然不是地獄觀落陰那種），是在pub裡呼朋引伴大玩「地獄龍舌蘭」，這種拚酒的喝法可是會嗆得要人命的（沒膽者和心臟不強者請勿輕易嘗試）。龍舌蘭酒大家都有喝過吧，就是酒裡泡有蟲蛹的那種一點都不補的酒（如果沒喝過的人表示你未滿十八歲，請自動退出本文），這個玩法該準備的道具就是龍舌蘭酒、檸檬片及一碟鹽巴。傳統的龍舌蘭酒喝法就是舔些鹽巴、擠點檸檬汁、然後一口乾盡；地獄喝法的道具也都一樣，但是要用你的五官喝完這一杯。首先，在睜開的眼瞳中擠一點檸檬汁、接著在保持呼吸的鼻子中吸進一大抹鹽巴、然後再用嘴巴乾盡這一杯，總之該下肚的都下肚了，只是還伴隨著無止盡的飆淚以及咳不停的嗽。在此提醒：這些動作最好是你替別人服務的，因爲這樣你將會完整地看見對方下地獄的過程，不建議用在自己的身上。

所以，別因爲我沒有頭文字D就說我沒冒過險，因爲一個沒有冒險甚至沒有風險的人生，應該是不存在於台灣社會中的；但有時，憤怒自己不知該怎麼去冒險，連在陌生都市找一條街道都會戰戰兢競，深怕一失足而遺失在異域，蒸發在茫茫人海中，有時想想：難道茫茫人海會比馬里亞納海溝還要可怕嗎？只因爲我們不可能涉足深海海溝，卻要每天漫遊在人海之中。但是憤怒只會帶走冷靜，失去平衡，導致在街頭躊躇更不知如何往前進了。

有一年在哈爾濱亞布力山滑雪，沿著山壁邊的冰封道路前進，旁邊則是懸崖，我在想：如果不是懸崖上有架設護網的話，我是不是能提起腳往前滑下去？因爲我連續衝向了護網好幾次。

其實一個只在愛情和性事中冒險的男人，又有何罪了呢？至少他們覺得人生已經冒險，也承擔風險，總比從未眞實發生，沒有艷遇、沒有脫軌、沒有高潮來得好吧。

但是冒險與冒風險絕對不同，在艾佛勒斯峰冒險求生存的過程是美壯的，而冒風險攀登女人的枕頭山只是提心吊膽遮遮掩掩的時光；相信我，要耍大條也要天生大條才行。

冒險者絕對不會成爲偉人，冒風險者也絕對不會成爲英雄，就像**Y2K**的風險（大家應該都忘了吧）和**K2**峰的冒險，**Y2K**風險差點讓全世界都以爲即將滅亡，但**K2**峰的冒險至多是讓前仆後繼的登山隊陣亡而已，可是風險與冒險的差別，也就隨著要由全世界人共同承擔，或是一組登山隊員的生死與共，而立見高低了。你問我要選哪一邊站？和全世界人一起，還是參加登山隊？

我又不是蔡康永，不要問我這麼難的問題。

扶桑花與黃金花

Bring Me A Wind Flower

去年在泰國買的白色海灘褲始終沒有機會亮相，因爲小腿肌線一直沒有練成黃金右腳，而且擔心上面的藍色扶桑印花會褪流行，所以只好擺在衣櫥裡不見天日。

這不應該是這件海灘七分褲的命運吧。

雖然生活在日暖花開的地區，就因爲一件穿不出門的褲子，而陷入嚴重的自鬱症，李維史特勞斯的《憂鬱的熱帶》有寫到這一段嗎？

原先以爲北歐瑞典等文明國家，天寒地凍再加上社福發達，人民只剩下憂鬱一事才是唯一的正事，沒想到現在的台灣，談到憂鬱已經變成全民頭條，你不憂鬱才有病哩！

有個民間故事同時集熱帶人的慵懶和寒帶人的憂鬱於一身：「有個窮人在路上撿到一根稻草，後來有個人牽馬想跟他換這根稻草綁東西，後來又有個人急需用馬，跟他換了個寶物，就這樣一路換下去，最後他成了億萬富翁。」但是我的幾位朋友，在他們的路上撿到一根繩子，然後就選擇了結束自己；這麼慵懶的民間傳奇，卻有這麼眞實的人生結局……

蒼白的憂鬱和飽褐色的健康，大概就是我們追求的兩種目標吧。

靈魂女歌手印蒂雅艾瑞（India Arie）的〈Brown Skin〉，唱著她愛褐色皮膚：「Brown skin, I love your brown skin. You make me feel like a queen.」唱得彷彿巧克力蜂蜜從她的嘴角流出，讓聽眾都爲之垂涎——原來褐色皮膚是這麼可口。但亞洲人偏黃的膚色很容易曬成焦炭的黑色，想要曬出近似健康小麥的黃金褐色者微乎其微，建議這些想要換膚的人先去研究一下備長炭是怎麼從木材變成黑炭的過程吧。

如果全身散發著小麥色，是不是就不再會有大麥寒冷的憂鬱呢？

很多人到了衝浪的勝地，忍不住貪婪就定居下來；台灣的墾丁、日本的湘南、夏威夷威基基，就像高更貪戀大溪地的美色而定住下來。人們總是貪婪著熱帶，那些健康的人種、純樸的生活、豐盛的物產。而北歐呢？只有柏格曼的電影和Eames的傢俱吧！但是可憐的我們都陷入身心的人格分裂，一講起文明享受就立刻列舉斯堪地那維亞的設計是如何高明，北歐社會是如何高度人性；可是一講到自然解放就想要回歸巴里島，浸泡在溫涼的海洋和spa中。如此貪婪，難怪我們只能居住在亞熱帶，既不寒帶高緯度，又不熱帶低收入。

最近，聽說廣告教父孫大偉搬遷了辦公室，是位於迪化老街的鳳梨大王舊宅改裝而成的，很想找個機會混進去看看他的新居。（如果你看到了，請主動與我聯絡。）鳳梨是最能象徵台灣仍留有熱帶面影的產物，雖然長得頭角崢嶸，但是一剖開內裡又黃又鮮、汁多味甜，如果台灣人都能長得這樣該有多好。而孫大偉應該就是一位台灣鳳梨的熱愛者吧，現在搬到鳳梨大王的舊宅不說，幾年前的「和信電訊on line」不也就是他的代表作嗎？「on line」諧音「旺來」（鳳梨的台語發音），還在高科技的行動電話旁邊放了個鳳梨，只差沒有把中元節時的拜拜豬公也順便畫上去了。鄉親啊，這麼愛台灣，結果卻成了他生涯中的唯一敗筆，和信電信也垮了。

如果台灣真是「南島起源說」的所在地，那麼熱帶人的樂天純樸應該也是從這裡發源的才對，不會是今天的猙獰貪婪。永遠都記得那一年SARS大流行時，正好從台灣到蘭嶼去旅行，一下蘭嶼機場，當地人就說「你們本島人不要把SARS帶進來！」聽得我自覺全身污穢，也許在他們的眼中，台灣永遠都是在流行SARS的疫區吧。

很想把一首琉球民謠當作台灣的國歌，（怎樣，用日本歌來當台灣國歌?不要再替我打分數了！）這首〈黃金之花〉是這樣唱的：素朴純情的人們啊，清澈眼眸的人們啊，不要讓黃金弄髒了眼睛，黃金之花是會凋零的。不要讓黃金弄髒了心靈，黃金之花是會凋零的。

台北流亡術語

Runnaway From Taipei

實在想不出台北有任何流行術語，流亡術語倒是滿多的。

也許我們應該發動攻勢抗議《wallpaper*》雜誌爲何只選上海爲亞洲最棒的城市，而提都不提台北。對此，我只有兩點建議，台北自己來編《wallpaper*》、或者讓台北超越上海。

迎接新世紀，以下是二十一個流離失所的術語，不見得和台北有關，但絕對和我的生活有關！

【西門町&天母City Area】台北的兩個異國他鄉，西門町有外省老人的鄉愁和年輕人的東洋拜物、天母則有奇風異俗美食和青紅皀白人種。與其說這兩區是台北的都市計畫，倒不如說是家庭計畫；生這兩個恰恰好，其他都是多生的。

【二二八228】以二爲首的，不只是新宿二丁目、還有台北的二二八公園。在台北，二勢力的抬頭不只是副總統，還有同志的老二勢力；看來「老二哲學」都是不必看主人臉色的，不管是副總統還是同志。

【捷運Subway】上海的高速公路構成一個「申」字（上海市的簡稱），有沒有任何衛星導航系統可以從空中測個字，台北市的捷運到底俯瞰之下長得什麼樣子？

【動物園Zoo】台北人是經濟動物，澳洲無尾熊和南極企鵝則是台北市政府的外交動物；那木柵動物園的2005年是否會和中國熊貓進行大三通呢？

【酒吧Pub】北京三里屯、香港蘭桂坊、台北雙城街，兩岸三地華人圈的pub文化都是外人爲刀俎、我爲雞鴨；但在地下搖滾和紅男綠女的發展上，台北人可能連華人都不是，只是異鄉人。

【時尚Fashion】在台北只有兩種人玩時尚：一種是代理時尚精品的從業人員、另一種是販賣時尚資訊的從業人員；那時尚消費者都跑哪去了？抱歉，他們還沒有在時尚業找到工作。

【演唱會Concert】如果把瑞奇馬汀的演唱會當作國際邀請賽的話，倒不失爲一場很棒的球賽；有瑞奇的電動馬達球和拉丁女舞者的乳波變化球，但請告訴我，爲什麼台北人非得要在棒球場和足球場看搖滾演唱會呢？

【老外Foreigner】永遠都忘不了一群阿根廷球員手牽手繞著淺草寺香爐唱歌跳舞的景象，東京淺草寺的香煙不見得比萬華龍山寺來得靈驗，爲何老外所表現的反應卻有如此大的落差？

【名人Celebrity】名人要能發揮Painted the Whole Town Red、帶動舉城盡歡的作用；台北最後一個名人叫陳進興（他確實染紅了整座城市），他被處刑後名人就暫時從缺了（也確實舉城盡歡）。

【作家Author】台北的明星作家就像南陽街的補習班老師，每本書都是塡鴨式的講義，連重點都幫你畫好：愛情哪裡要注意、處世哪裡要耍詐，全部必考。那讀者乾脆直接報名補習班好了，至少那些超級名嘴講的笑話還比較好笑。

【誠品書店Eslite Bookstore】「誠品書店」和「十大租書坊」的最大不同，不在於連鎖店數的多寡、不在於客人（包括釣人）層次的高低、不在於消費方式的好壞，而在於進出時那種階級屌樣的有無。

【咖啡館Cafe House】用「黑金」來賺錢的不只國民黨，還有台北市無所不在的咖啡館。義式美式日式台式，喝得大家滿腹苦水黑水。配合時局喝咖啡聊是非確實很好，只要別說基隆河左岸會出現什麼咖啡文化就好了。

【台北Walker City Magazine】台北最需要的城市情報誌，應該是由Johnny Walker酒商出版，內容探討哪些地方喝花酒、哪些人在喝花酒、哪些花酒賣得最旺，而那些見光版的吃喝玩樂，就留著自娛愚人吧！

【哈日Jappie】如果「哈日風潮」只是指電視上木村拓哉、竹野內豐、松島菜菜子熱演的一部超人氣偶像劇，那麼〈長男的媳婦〉一定就是所謂的操人妻偶像劇。〈因爲劇中的老婆都被操得那麼辛苦〉

【盜版Pirates】「盜亦有道」這句成語的意思就是指盜版的條條大路直通八德路光華商場、饒河街夜市。在我們不修改中國成語和禁播Puffy的〈這是我們的生存之道〉之前，還是先別抓盜版了。

【手機Mobile Phone】「菸害防治法」爲何不適用於「聲害防治法」呢?台北人濫用手機

的程度就像是貧窮的印度小孩向觀光客要原子筆，一樣地擾人。但他們眞的會寫字嗎？他們眞的在談重要生意嗎？兩件事同樣令人存疑。

【野狗Strayed Dog】就像波士頓松鼠、東京烏鴉，台北的野狗眞是多得與人車爭道。那爲什麼市徽和吉祥物不是設計成野狗呢？全台北市民和官員應該要好好反省「禮失求諸於野（狗）」了吧！

【電影Cinema】常有人說把台北發生的天災人禍寫成腳本，好萊塢的特效絕對都瞠目結舌；所以台北人可以自豪這是座電影城市，只是照亮的是「黑暗之光」、而不是「城市之光」。

【音樂Music】在KTV包廂搶麥克風的人以後都可以去競選國會議員，參加偶像握手會的人以後都可以去做掃街拜票的輔選員。不知爲什麼？台北歌聲繚繞，但城市的暴戾之氣始終不能絕唱。

【環保Garbage】垃圾分類就像華人論爭一樣，讓太多人都罹患了不會分類的認同憂鬱症。這到底是哪一類？我到底是誰？原來「垃圾分類」和「種族認同」都是我們做不好的兩件事啊！咦，種族認同也是環保愛台灣的一部分嗎？

【地攤Street Market】警察和攤販就像漲潮退潮的消長關係，再加上買物的人潮，想從忠孝東路和南京東路的地攤陣全身而退簡直不可能。國軍的招募廣告眞的可以直接在此出外景，看誰能在3分鐘內通過這段五百障礙！

入水，縱身時尚
Into the Fashion Wave

夏天時，因爲沒有清爽的汗腺，全身總是像痲糬般黏膩，即使加上抹茶香料也無法入口一般；整個人陷入泥沼之中，覺得夏天並不是這種黏膩體質的當令季節，如果我是水果的話，也是榴蓮。在這種季節眞要穿什麼都是多餘，再高級的品牌也只是累贅的沈苛，因此常在想，時尚可否有夏日的休市？

時尚的當令季節可能因人而異，比較喜好的是冬天的裹重，一層一層地加掛在身上，就像訓練忍者輕功的身上鉛塊，一旦脫下這些時就可身輕如燕。所以，冬天是種脫衣的季節，讓我終於可以上市了。

夏天其實也要穿衣的，卻是在海裡。當我去潛水和跳水時，穿著防寒潛水衣下海，用這第二層肌膚去感受海水的親熱，有時覺得大海的深邃眞地令人心寒：到底是怎麼了，人爲什麼要跟自己過不去？如果住在海洋，還有魚群可以爲伍，而住在城市時，我們甚至不願與流浪狗爲伴。（的確，海洋中是沒有流浪魚的。）

潛了幾次水，始終無法讓自體和海洋融爲一體，親水性就像人緣好壞一樣，裝也裝不出來的；你

10

不能打成一片，在哪裡都是一樣。但我比較想投入大海，而不是縱身人海。

縱身，在最近才體會是一件多麼絕命的事情；尤其是高空跳水。在蘭嶼，當地認識的教練起鬨帶我們去跳水，他說只是三層樓的高度，臨場一看卻像萬丈深淵，怎麼都跳不下去。況且我們又沒有抱著必死的決心！下棋時，每一起手都是神的手勢，難道跳水時，每一縱身也是垂死的天鵝那般絕美？情願在三樓看著海景，也不願在三樓縱身下海；我不是屈原、不是精衛，不要俯衝一躍而下。

於是，看著教練輕易地躍進海洋，從頭縱切入水，從海面冒出時還嘻笑地呼喚我們下去；如果你是羅莉萊女妖，我願意跟隨。海洋應該也有門戶之見的吧，只因我們並不是達悟族人，而是異地來的船客，所以還在做生死的掙扎。突然，天外飛來一腳把我踹了下去，整個人落體的時間彷彿走不完的秒數，很想渴望早點落海也好，卻是經過好久，反而讓人份外清醒——我正在下墜。

入海的鹹味立刻侵入口鼻，嗆得想逃離，這就是爲什麼人會浮上來的原因了，因爲不想成爲鹽浸泡菜。看著同伴們一個接一個無奈地跳入海底，心中卻很感動：原來死亡也是要經過訓練的，並不能想死就死，而且能這般笑鬧地體驗死亡不知還有多少次？我們開始相約三人一起跳，彼此手牽手打氣，或只是不願割捨大家在陸上時的依戀，於是一、二、三，水花濺開，跳了下去；卻只有教練而已，因爲看到身旁的同伴退卻，令我猶豫退步了。留在岸上的兩人看著教練從水中伸出水上芭蕾的右腳，對著我們兩個比出中腳趾，大家都笑了，追打成一團：你們這些本島人最會背叛了！

其實那不是背叛，只是還未相信，如果能託付給對方，即使是人魔漢尼拔也値得。後來，我們還是跟著跳下，但於事無補，背信已經造成，而且還有DV攝錄爲證。將來，我一定會特別珍惜這一段影像記錄，因爲一生之中難得幾次背叛，就像〈純眞年代〉（Innocent Age），期待背叛和原諒背叛都只是一體的兩面，但幸好背叛了。於是我們愛上了跳水，原來它可以帶著背叛一起縱身而下。

不管絕命，不管絕情，都已經入水，塵歸塵土歸土，又回到了大海。我，第一次眞正愛上海洋。看著赤膊的教練以及穿著御寒衣的我們，彷彿穿著時尚的人們看見日頭下赤條走街的他們，到底差別又是什麼呢？我們共擁一片海洋，卻沒能共有彼此，而我多麼想在背叛之前，先有了互信或互愛，就跟在汗液流出前，總想先穿好華美的襯衫，然後才大汗淋漓地叫熱一樣；不然，赤身流汗又有什麼意義呢？

其實，在海洋中也會流汗的，只是汗的鹹味沒有海水鹹，就像我們的愛，沒有背叛一樣深。

附錄

西裝風流

當Suits碰到Man、一種式微的征服。

對於很多男人而言，穿上西裝無疑是套上婚姻的枷鎖，一輩子一次就夠了；尤其緊錮的領圍、尾大不掉的領帶、施展不開的外套，悶熱淋漓的內裡，婚姻該有的西裝也都有了。於是，西裝變成了一種SM、一種式微的征服，而百年的西裝霸權，在今天也只能像SM，偷偷摸摸的玩起它的階級遊戲。

這是一個霸權不在的時代。大航海霸權不在，聯合國霸權不在，國民政府霸權不在，男性霸/爸權不在，凡是歷史上獨大的事物皆不復在；只有銀幕上的「星際大戰」黑武士霸權繼續刀光劍影二十年，而且還溯源至霸權的誕生首部曲。和宋楚瑜穿著省長時代的榮民服比起來，連戰的西裝革履可能更有霸權物的裝置象徵，在野的天行者和在位的黑武士，兩人的登場戲服果然還是涇渭分明。

・Appiombo服裝穿在人體模型上或人體上貼身而不變形。

・Bottonato各種顏色之具有「鈕釦效應」的紡紗或纖維。

・Cashtweed獨創的複數花色羊絨毛紗，可賦予纖維粗花呢特有的「鈕釦效應」。

推開滑門，佔地1DK的衣櫥中懸掛著一套套首尾完整的西裝袋，彷彿內中放置著用油布工整包裹密不透氣的法老軀體，靜靜地等待復活之日。這是霸權時代的紀念堂，我深深地吸了一口密室的空氣，看見一尊尊歷史的鬼魂紛紛就位：希特勒、蔣中正、墨索里尼、考因斯，還有夏目漱石和孫中山。一霎眼，又變回Gieves & Hawkes、Cerruti 1881、S.T. Dupont、Lanvin、Ermenegildo Zegna和Alfred Dunhill。

・Donegal一種具有粗呢效應的纖維，經緯交織一上一下相間，形成優美的十字花紋，顏色不一的毛纖維在紡紗過程中有規律地間隔引入，造成獨特的效果。

・Elasticizzato具有伸縮效應的纖維，如經線可伸縮的「彈力呢」。

・Faconne織花纖維或染花纖維。

高中時去訂作西裝，師傅說：哎呀，你的兩肩不一樣高，手臂一支長一支短哩，所以左肩要墊高。當然啦，升學壓力的重擔嘛，我不禁瀟灑的說；但是心中竊喜：這一定是長期憧憬網球，在潛意識中終於得了網球肘肩。從此，看到這套西裝就覺得左肩處好像有座愚公移來的山，日子一久就很少穿它了。

有了慈濟功德會後，多少會捐些衣物到資源回收筒中，可是絕對不把廢棄的訂製西裝捐獻出去；讓別人想像這個人怎麼會在這裡墊塊肩、那裡摺個褲腳，豈不是隱私外露了。所以，還是樂捐中規中矩的成衣還來得皆大歡喜。

大學時，一直很想要去訂製一件立領式的中山裝外套，讓自己看起來像是標準知青，可是支持國民黨的爸媽堅決反對，「看起來像個老國代似的！」眞的是老賊人人得而誅之，連穿衣服都惹人討厭。

・Gessato典型的白格條或彩色格條纖維。

・High Performance 4-ply指柔度最好的織物，因為用四股紗織成，原只用來製作夏裝，現在四季通用。

走進西服店，即使作件襯衫也好，師傅熟悉地用布尺丈量你的身體，舉手抬臂、挺胸伸腿、掂掂胯下腿腹，一股奇妙的觸感比捏著肉舖上的掛肉時更有快感。然後師傅用一個小粉塊開始在襯布上畫出版樣，看著自己的身型像命案肇事現場的粉筆鑑識圖樣，突然燃起一種生者的滿足。

要在西裝店遇到女師傅比在露天溫泉和女人共浴還要珍稀，而一般的名牌旗艦店或百貨專櫃連男師服務的提供都少之又少；老長官們愛去西裝店作衣服，至少買賣不成男人的情誼仍在。

訂製的西裝可以相傳祖孫三代，就像在一戶人家服侍三代的老管家一樣，它知道的規矩比晚輩還多，而且只要修修改改就能跟得上改朝換代。希望每個家庭至少能傳下一套父執輩穿過的西裝。日據時代將西裝叫「SEBIRO」（來自日文的西裝單字「背廣」的發音），現在滿街跑的都是「CEFIRO」，終於知道青蚵嫂怨嘆的不是別人的尢能穿Sebiro，而是能開Cefiro了。

・Interni即內襯，服裝製作中的所有襯墊材料。
・Linone上等細布，即密度很高的亞麻布或精梳棉布。
・Microtene 10.000高密度纖維，絕對不透水，但透氣。

無法想像林海音寫就的《城南舊事》究竟是個什麼樣的十里洋場，更無法預見當台北變成一個西裝城市時是否會像人民公社一樣樣板；但是要在台北尋找一條不存在的倫敦沙維洛街（Savile Row），確實不是阿波羅西服店、福華飯店地下街等零星障眼法就能海市蜃樓的。建議出國時到上海或香港找個老師傅打版，就算價錢派頭至少穿得也稱頭。

小時家中為我量身訂作的棉襖、皮衣、西裝，除了每天上學所穿的白色水兵上衣和水藍短褲之外，幾乎就變成了外出時的模範行頭，所以我非常了解頭上戴著禁箍圈是種什麼滋味。這和後來成人之後，會像第三帝國的青年軍死命效忠納粹一樣熱愛某大日耳曼品牌，未嘗沒有關係。

・Nacre珠光絲絨。

・Ordito經紗，織布機上縱向排列的紗線，與緯線交織。

和其它樣態的衣服類型比起來，比如牛仔褲或T恤，西裝可謂自成一座溫室，將男人身軀包護得像黑鑽石蓮霧般地寶貝，而上述的其它衣物只能算是華路藍縷斷垣殘壁，而且還不能傾城傾國。良質西裝正如一座自動空調的溫室，既可通風涼快又可保暖，不過地球越來越熱，西裝的溫室效應也越來越高，還是選擇空調良好的喀什米爾羊毛西裝吧，至少它的價錢絕對令你心寒！

・Parka即派克大衣，係從風衣發展而來。

・Raglan即賴格蘭式插肩袖，將袖縫至肩部，名稱來自於英國將軍賴格蘭。

西裝可以說得上是重商社會中的戰袍與鎧甲，更可說是御駕親征時的「征服」。

事實上，很多男人的一生和西裝甚至無緣，很難相信他們連到「青山洋服」買個一套一千多塊的西裝都不曾有過，這可是因應每天必須穿著西裝工作的上班族所推出的免洗西裝和立抛式西裝啊！有次在誠品書店的敦南小廣場看見幾個二十來歲的年輕人穿著西裝在進行社會新鮮人的測試，他們的課題是誰能要到比較多的過路人的名片。看看他們吧，鬆垮垮的外套、結法不對的領帶、塞滿東西的鼓漲口袋、異色的皮鞋、腰間別掛著扣機或手機，再加上一副生澀犬馬的臉孔；我並不以貌取人，但是當你穿著西裝時，只有「無誠勿試」四個金字可以裁決一切。

· Superfini超細纖維，如超細美麗奴羊毛紡紗成的高級織物。

· Tindari由超細純羊毛精梳織成的革新型纖維，性能極佳，保養容易。

法蘭克辛納屈、迪恩馬丁、卡萊葛倫都穿著名爲「好萊塢」的護身服，詹姆士龐德穿著英國登喜路西裝，傑克尼可遜在〈紫屋魔戀〉、麥克道格拉斯在〈華爾街〉、哈里遜福特在〈新龍鳳配〉，都是穿著義大利Cerruti 1881和Nino Cerruti，還有愛德華王子穿著皇家專用的Gieves & Hawkes。如果你有一位像家庭醫師的西裝師傅，在每個季節交替之初，裁縫師他們會乘著貿易風載來最新的布料和版型來到你的居家或辦公室，然後像候鳥一樣用西裝布料在你的身體上築巢。但是在台北，你只能目擊突如其來到辦公室兜售廉價布料的小販，然後看到一群姑嫂在挑三撿四，所以很難想像男人也可以在自己的會客室中端坐著，以試用SK II保養品的態度試穿著各種衣料，再決定這一季要添購的彩裝是什麼；當然你更難找到絲絨禮貌，哦、是禮帽才對，還有紳士手杖，不過這是配套的相對做法，因爲你也找不到眞正的淑女。

- Uniformita色匀度，指紗線或纖維染色的均勻度。
- Velvet絲絨，指一種質輕細滑的絨布。
- Wool羊毛，用在西裝上最好的為喀什米爾羊毛。

正如在哈士奇名犬的皮下組織植入晶片時，一種豢養鷹犬的紈褲感油然而生；當手工師傅在西裝內裡的口袋和襯衫袖口用銀線繡上你的英文縮寫時，即使是個如「阿三」的下里巴人名字，都會令男人的野心再度復辟起來。

你是巴黎聖母院的駝背怪人、還是臂長過膝的劉備、或是宰相肚裡能撐船的窄胸凸肚嗎？訂製西服總有辦法修飾出得當的頭身比例，而西裝師傅則會成為治療你的另一個整體師。

catch 101

一個泊時尚的小弟

錢亞東 著

責任編輯：韓秀玫　美術編輯：陳永凱

法律顧問：全理法律事務所董安丹律師

出版者：大塊文化出版股份有限公司

台北市105南京東路四段25號11樓

讀者服務專線：0800-006689

TEL：(02) 87123898　FAX：(02) 87123897

郵撥帳號：18955675　戶名：大塊文化出版股份有限公司

e-mail:locus@ locuspublishing.com　www.locuspublishing.com

行政院新聞局局版北市業字第706號

總經銷：大和書報圖書股份有限公司

地址：台北縣五股工業區五工五路2號

TEL：(02) 89902588 (代表號)　FAX：(02) 22901658

初版一刷：2005年8月

定價：新台幣280元

ISBN 986-7291-54-9

Printed in Taiwan

國家圖書館出版品預行編目資料

一個泊時尚的小弟／錢亞東著－－初版.－－
臺北市：大塊文化，2005【民94】
面；　公分.－－(catch；101)

ISBN 986-7291-54-9(平裝)

1.時尚－文集

541.85　　　　94013718

105 台北市南京東路四段25號11樓

廣 告 回 信
台灣北區郵政管理局登記證
北台字第10227號

大塊文化出版股份有限公司 收

地址：□□□ ______市／縣______鄉／鎮／市／區

______路／街______段______巷______弄______號______樓

姓名：

請沿虛線撕下後對折裝訂寄回，謝謝！

大塊 LOCUS 文化

編號：CA101 書名：一個泊時尚的小弟

大塊 LOCUS 文化 讀者回函卡

謝謝您購買這本書，爲了加強對您的服務，請您詳細填寫本卡各欄，寄回大塊出版 (免附回郵) 即可不定期收到本公司最新的出版資訊。

姓名：＿＿＿＿＿＿ **身分證字號**：＿＿＿＿＿＿ **性別**：□男 □女

出生日期：＿＿年＿＿月＿＿日 **聯絡電話**：＿＿＿＿＿＿

住址：＿＿＿＿＿＿＿＿＿＿＿＿

E-mail：＿＿＿＿＿＿＿＿＿＿＿＿

學歷：1.□高中及高中以下 2.□專科與大學 3.□研究所以上

職業：1.□學生 2.□資訊業 3.□工 4.□商 5.□服務業 6.□軍警公教
7.□自由業及專業 8.□其他

您所購買的書名：＿＿＿＿＿＿＿＿＿＿＿＿

從何處得知本書：1.□書店 2.□網路 3.□大塊電子報 4.□報紙廣告 5.□雜誌
6.□新聞報導 7.□他人推薦 8.□廣播節目 9.□其他

您以何種方式購書：1.逛書店購書 □連鎖書店 □一般書店 2.□網路購書
3.□郵局劃撥 4.□其他

您購買過我們那些書系：

1.□touch系列 2.□mark系列 3.□smile系列 4.□catch系列 5.□幾米系列
6.□from系列 7.□to系列 8.□home系列 9.□KODIKO系列 10.□ACG系列
11.□TONE系列 12.□R系列 13.□GI系列 14.□together系列 15.□其他

您對本書的評價：(請填代號 1.非常滿意 2.滿意 3.普通 4.不滿意 5.非常不滿意)

書名＿＿＿ 內容＿＿＿ 封面設計＿＿＿ 版面編排＿＿＿ 紙張質感＿＿＿

讀完本書後您覺得：

1.□非常喜歡 2.□喜歡 3.□普通 4.□不喜歡 5.□非常不喜歡

對我們的建議：＿＿＿＿＿＿＿＿＿＿＿＿

＿＿＿＿＿＿＿＿＿＿＿＿

＿＿＿＿＿＿＿＿＿＿＿＿